メディアワークス文庫

私の魔法使い

虐げられた少女は美しき王弟殿下に見初められる

中村くらら

目　次

プロローグ

「――こうして悪い魔法使いは倒され、王子様とお姫様はいつまでも幸せに暮らしましたとさ。……おしまい」

絵本を閉じた母が、ふかふかのブランケットを掛け直してくれる。そこからぴょこんと顔だけ出して、少女はくふふ、と嬉《うれ》しそうに笑った。

「ああ、おもしろかったぁ。おひめさま、しあわせになれてよかったねぇ」

言いながら、小さな体いっぱいに膨らんだ興奮を持て余した様子で、もぞもぞとブランケットの中で身をよじる。なにしろ今日は少女の六歳のお誕生日で、朝から楽しいことが盛りだくさんだったのだ。

父と母と三人、早起きしてお弁当を作り、乗合い馬車に揺られて海辺の町まで遠出した。初めて見る海に大はしゃぎし、波打ち際で父と追いかけっこをした。砂に足を取られて尻餅をつき、スカートがびしょびしょになった時はべそをかいてしまったけれど、清潔な服に着替え、親子揃《そろ》ってお弁当のサンドイッチを食べる頃には、しょんぼりした気持ちはすっかり晴れていた。

午後は母と一緒に、綺麗《きれい》な貝殻や小石を探した。お気に入りを見つけるたびに、少し離れた場所でスケッチブックを広げる父に見せに走った。父は絵筆を握る手を止めて、これはいいねと微笑《ほほえ》んだ。

楽しくて嬉しくて、まだ帰りたくないと駄々をこねて父と母を困らせた。また来年のお誕生日に三人で来ようねと約束し、ようやく乗り込んだ馬車の中、父の肩にもたれてうとうとしながら家に帰り着《つ》いてからも、素敵な一日はまだ続いていた。

お祝いの日の夕食は、塩とハーブを擦り込んだチキンのロースト。母の手料理の中で一番のごちそうで、少女の大好物。とっておきのワインを開けた父と母と、とっておきの苺《いちご》ジュースで乾杯した。

デザートは、ナッツとドライフルーツがぎっしり練り込まれたパウンドケーキ。特別な日にだけ添えられる甘いホイップクリームを、父と母の分までよそって貰《もら》い、大きなスプーンで口いっぱいに頬張れば、少女のふっくらとした頬は薄桃色に輝いた。

そんな、楽しくて幸せで特別な日の夜更け。ベッドサイドのランプの下には、浜辺で拾った貝殻や小石が行儀良く並び、それを薄いカーテン越しに真ん丸の月と銀色のフクロウが見つめている。

「ねぇねぇ、おかあさん。まほうつかいって、ほんとうにいるの？」

「そうねぇ……どうかしら。ソフィはどう思う？」

ちっとも眠る気のない娘の、柔らかな黒髪をゆったりと撫《な》でながら、母が微笑む。

「いるとおもう！」

即座にそう答えてから、少女はうぅんと唸《うな》って眉を下げた。

「でも……もしほんとうにいたら、ちょっぴりこわいなぁ……。だって、まほうつかいは、わるいことをするんでしょう？」

「あら、そうとは限らないわよ。お母さんの生まれた国のおとぎ話ではね、お姫様を助けるのは、王子様ではなく良《よ》い魔法使いの役割なの」

「えっ、そうなの？」

少女の青い瞳がきらきらと輝く。

「ききたい！　よいまほうつかいさんが、おひめさまをたすけるおはなし！」

「ふふ、少しだけよ。……良い魔法使いは、銀の髪に紫の瞳の、それは美しい姿をしていてね」

「うんうん」

「使い魔の鳥を相棒に、冒険の旅に出るの。魔法の力でいくつもの困難を乗り越えて、ついに囚《とら》われのお姫様を救い出すのよ」

「まほうってどんなの？　おそらもとべる？」

「もちろん。でももう遅いから、続きは明日にしましょうね。さあ、良い子でおやすみなさい。私の小さなお姫様」

もっと聞きたかったなぁと、少女が頬を膨らませる。そんな少女の額に柔らかなキスを落とし、母が枕元のランプを吹き消した。少女のおでこを撫でる母から慣れ親しんだ甘い香りが漂い、少女を優しく包み込む。途端に少女は、ふわぁと大きなあくびをした。

「……ねぇおかあさん……いいこにしていたら、わたしのところにも、よいまほうつかいさん、あいにきてくれるかなぁ……？」

少女の声は次第に間延びし、瞼《まぶた》は重たくなっていく。カーテン越しの月明かりが、子ども部屋の母と娘を静かに照らす。フクロウがバサリと翼を広げる。

「ええ、きっと来てくれるわ。ソフィが困った時には、きっと……」

優しい囁《ささや》き声《ごえ》が、だんだん遠くなる。

母の香りとブランケットの温《ぬく》もりに包まれ、少女は幸せな眠りに落ちていった。

第一章

慌てて伸ばした手をひらりと躱《かわ》し、青のリボンが空に舞い上がる。

風に流され背の高い庭木の枝に引っ掛かった鮮やかな青を、ソフィは木の下から呆《ぼう》然《ぜん》と見上げた。

（どうしよう……）

大人でも手が届かないと、ひと目で分かる高さ。わずか八歳のソフィに届くはずがない。そばで洗濯物を取り込んでいた二人のメイド達を振り返ると、ふいっと目を逸《そ》らされた。そのあからさまな態度に怯《ひる》みながらも、ソフィはおずおずと口を開く。

「あの、ベリンダ様のリボンが、木に……。どなたか、手伝って――」

「それはあなたの仕事でしょう？」

ソフィが言い終えるより早く、年嵩《としかさ》のメイドがピシャリと告げた。

「いつまでもお嬢様気分でいられても困るんですよねぇ。自分の仕事を他人にやらせようだなんて」

これみよがしなため息と共に言われ、ソフィは俯《うつむ》いた。

「わ、わたし、そんなつもりじゃ……」

「だったらご自分でどうぞ。ベリンダお嬢様のお召し物を洗濯するよう奥様から言い付かったのはあなたなんですから。あたし達だって暇じゃないんですよ」

行くわよ、ともう一人の若いメイドを促し、年嵩のメイドは洗濯かごを持ち上げソフィに背を向けた。

戸惑い顔でやり取りを見守っていた若いメイドは、先輩メイドに続こうとした足を躊躇《ためら》いがちに止め、「庭師のおじいさんに言えば、梯子《はしご》を貸してもらえると思うわ」と小声で言った。すかさず、「余計なことをしないの！」と先輩メイドの鋭い声が飛び、若いメイドは首を竦《すく》めた。

「馬鹿ね。あんたまで奥様に叱られたいの？」

「それは……。だけど、ついこの間までお嬢様として暮らしていたのに急に使用人の仕事だなんて。せめてやり方を教えてあげないと――」

「そんなの、あたし達が気にすることじゃないわ。それにあの子は元々平民なのよ？このくらいの雑用、できて当然じゃないの」

「平民といっても、ソフィのお父さんは前の伯爵様のご子息なんでしょう……？」

「とっくの昔に勘当された、ね。おまけに母親は娼婦《しょうふ》だっていうじゃないの。そんな生まれの子がお嬢様だなんて呼ばれてチヤホヤされていたのがそもそもおかしかったのよ」

年嵩のメイドがフンと鼻を鳴らし、蔑んだ目でソフィを見下《お》ろした。

「ご覧なさいよ、あの子の陰気な黒髪を。このクラプトン伯爵家の方々とは明らかに違うじゃないの」

ますます小さくなって俯くソフィの目に、両肩に垂れた黒のお下げ髪が映り込む。母譲りの艶やかな黒髪は、かつては母の温かな手で綺麗に編み込まれていた。小さな手で編んだ不格好なお下げ髪は、着古したぶかぶかのメイド服と相まってソフィをみすぼらしく見せている。

「それにひきかえ、ベリンダお嬢様のお可愛《かわい》らしいことといったら！　白い肌も金の髪も青い瞳も、まるでお人形さんのようだわ」

「そうね、伯爵家の方々は皆様麗しいお姿をされているけど、中でもベリンダ様はとびきりね」

「お年頃になればどんなにお美しくなられることか！」

年嵩のメイドが上機嫌に声を弾ませる。二人がベリンダお嬢様の話で盛り上がる中、ソフィはそっとその場を離れ、梯子を借りるために庭師の作業小屋へと足を向けた。

カナル王国でも有数の歴史を誇るクラプトン伯爵家。この家で使用人のような生活を送るようになって、間もなく一ヵ月になる。その前のおよそ一年、ソフィはこのクラプトン家で「ソフィお嬢様」として過ごしてきた。ただしあのメイドが言ったとおり、ソフィは生まれながらの貴族令嬢ではない。

物心がついた頃、ソフィは父と母と三人で、カナル王国の西の隣国ウェスターナの、とある小さな町で暮らしていた。けれど穏やかな生活は七歳の誕生日に一変した。家族三人で乗っていた馬車が事故に遭い、両親をいっぺんに失ったのだ。

孤児院に身を寄せていたソフィは、それから間もなく、父方の祖父母を名乗るカナル王国の貴族に引き取られた。それが先代のクラプトン伯爵夫妻であった。

父がカナル王国の貴族階級の出身、それも伯爵家の長男であったことを、ソフィはその時初めて知った。とてもではないが本当のこととは思えなかった。ソフィの知る父モーリスは、家族を養うために毎日町はずれの染色工場に働きに出ていて、たまの休みには絵を描くのが趣味という人だった。贅沢《ぜいたく》をすることもない。口数少なく穏やかで、子ども相手にも偉ぶることのない人だった。

理解が追いつかないまま立派な馬車に乗せられ、見たこともないような大きなお屋《や》敷《しき》に連れてこられた。そこには、祖父母の他に叔父家族が住んでいた。亡き父に似た面差しの中年男性と夫人、そしてソフィと同じ年頃の女の子と、少し大きい男の子。

ソフィの目は、この二人の子ども達に釘付《くぎづ》けになった。とりわけ女の子は、きらきらとした金の髪にぱっちりした大きな青い瞳、フリルがたっぷりあしらわれた綺麗なワンピースを着ていて、まるで絵本に出てくるお姫様のようだった。

『セオドアは二つ年上、ベリンダはあなたより半年ほど誕生日が早いのよ。本当は従《い》兄弟《とこ》なのだけど、お兄様、お姉様と思って頼りになさいね。――セオドア、ベリンダ。ソフィに優しくしてあげるのですよ』

祖母から二人を紹介された時、ソフィの心は両親を失って以来、初めて浮き立った。一人っ子だったから、ずっと兄や姉というものに憧れていた。しかもそのお姉様は、まるでお姫様のように綺麗なのだ。

『えっと、わたし、ソフィです……』

ソフィは緊張に頬を染め、もじもじと挨拶した。けれどベリンダからの返事はなかった。ソフィを見下ろし、形の良い眉をきゅっと寄せただけだった。その青い瞳に浮かぶ感情が好意的なものでないことに気付くのに、さほど時間はかからなかった。

おずおずと周りを見回してみれば、叔父夫婦もベリンダと同じような表情をしていた。祖父は値踏みするように、セオドアはつまらなそうな顔でソフィを眺めている。

そんな中、祖母だけは親切で、ソフィのことをきちんと孫として扱ってくれた。ソフィはベリンダと同じような綺麗なワンピースを着て、使用人に身の回りの世話をされる生活を送ることになった。

家庭教師をつけてくれたのも祖母だ。ソフィは亡くなった両親から教わって簡単な読み書きと計算くらいはできたが、学校に行ったことはなかった。貴族の世界の行儀作法など、もちろん何一つ知らない。

戸惑うことの多い中、ソフィは毎日懸命に勉強に励んだ。祖母が褒めてくれるのが嬉しかったし、そうしなければこの家に居られないのではないかという不安もあった。

よそよそしい家族の中にあって、祖母だけが頼りだった。

そんな生活は、ソフィが引き取られたおよそ一年後、祖父母の急死と共に突然終わりを告げた。今から一ヵ月前のことだ。

伯爵家の跡を継いだ叔父夫婦により、ソフィは綺麗なワンピースも部屋も取り上げられ、裏庭の隅の物置小屋に追いやられた。衣服は使用人の古着、食事は残飯をほんの少しだけ。

『働かない人間をこの家に置いておくつもりはありませんからね』

伯爵夫人はそう言って、毎日朝から晩までソフィに仕事を命じた。れっきとしたお嬢様であるベリンダとの立場の違いを分からせるかのように、ベリンダの身の回りのことを中心に。

この日もベリンダの衣服の洗濯を言い付けられ、四苦八苦しながら一人で洗って干し、ようやく乾いたワンピースを取り込もうとしたところで、折悪《あ》しく吹いた突風にウエストリボンが攫《さら》われてしまったのだった。

なんとしても、木の枝に引っ掛かったリボンを無事に回収しなくてはならない。二日前、ベリンダの靴にほんのわずかな磨き残しがあった罰で鞭打《むちう》たれた背中には、今もヒリヒリとした痛みが残っている。

庭師から借りた長い梯子を引《ひ》き摺《ず》るようにして運び、どうにか庭木の幹に立て掛けた。わずかにぐらつく梯子の支柱を小さな手でぎゅっと握り、慎重に一段一段上っていく。

ようやく梯子のてっぺん近くまで上り、視線を青いリボンへと巡らせた時、その高さに足が竦みそうになった。もしも落ちればただでは済まないだろう。

汗ばむ左手で梯子を握りしめ、右手をそろそろとリボンに伸ばす。中指の先がわずかにリボンの端を掠《かす》めるが、摑《つか》むことはできない。

（あと少し……）

上体を傾け、さらに右手を伸ばす。風に揺れるリボンに何度も手を伸ばし、ようやくその端を摑んだのと、梯子がぐらりと傾いたのはほぼ同時だった。

「……ぁっ！」

足が梯子から離れる。宙に投げ出される浮遊感に、鳩尾《みぞおち》の辺りがヒヤリと震えた。

（落ちる……！）

思わずぎゅっと目を瞑《つぶ》る。けれど覚悟した痛みと衝撃はいつまで経《た》っても訪れない。代わりに何か温かなものに体を包み込まれているような感覚を覚え、ソフィはおそるおそる目を開けた。そして、あっと息をのんだ。

透き通るような紫色の瞳が、ソフィを見つめていた。銀色の長い髪がさらりと流れて光を弾く。

この世のものとは思えないような美しい青年に、ソフィは抱きかかえられていた。しかも青年は、ソフィを横抱きにしたまま宙に浮いている。

（空を飛んでる⁉）

驚きに声も出せずにいる間に、青年はふわりと地面に降り立ち、ソフィの体を支えて立たせた。

「怪我《けが》はない？」

涼やかな声で問われ、呆《ほう》けて立ち尽くしていたソフィはようやく我に返った。

「は、はい、大丈夫です。あの、ありがとうございました」

ぴょこんとお下げ髪を揺らし、深く頭を下げる。

その時、右手に握りしめたままでいた青のリボンが大きく裂けていることに気が付いた。ふわふわと浮ついていた気持ちが一瞬で凍り付く。

「ど、どうしよう、ベリンダ様のリボンが……」

おそらく木の枝に引っ掛かって裂けたのだろう。罰として鞭で打たれることは確実だ。それも、今までで一番酷《ひど》く――。

「これを元に戻せばいいの？」

目に涙を溜《た》めて俯くソフィの手から、青年がするりとリボンを抜き取った。

青年はリボンの端を左手の指先で摘まむと、右手の人差し指と中指でリボンを挟んだ。滑らせるようにリボンを扱《しご》きながら、口の中で何事かを呟《つぶや》く。

すると不思議なことが起こった。青年の長い指が動くのに合わせて、リボンが淡い光を帯び始めたのだ。やがて青年の指がリボンの端まで動き、淡い光が静かに消えた時、リボンは傷一つない姿を取り戻していた。

「どうぞ」

差し出されたリボンをぽかんとしたまま受け取り、ソフィは目を丸くして青年を見上げた。

美しい紫の瞳と銀の髪。そして奇跡のような光景。ドキドキと胸の鼓動が速くなる。

「あなたは、良い魔法使いさん……？」

囁くような声で問いかけると、それまで彫像のようだった青年の表情が初めて動いた。紫の瞳が小さく見開かれ、次いで形の良い唇が花開くようにほころんだ。

「そう。私は魔法使いだよ。良い、かどうかは分からないけれど」

「やっぱり！」

ソフィはパッと顔を輝かせる。

（お母さんのお話は本当だったんだ！　困った時にはきっと、良い魔法使いさんが来てくれるって……！）

何度も母にせがんだおとぎ話。その美しい姿を夢に見たこともある。そんな夢の世界から抜け出してきたかのような青年を前に、ソフィは興奮で頬を赤らめた。

「……ツァウバルのおとぎ話を知っているんだね」

よく顔を見せて、とソフィの頬に手を添え、青年はソフィの前に膝をついた。紫の瞳が神秘的なきらめきを湛《たた》え、間近にソフィを覗《のぞ》き込む。

「君は――」

その時バタバタと人の近付く気配がして、青年は口を噤《つぐ》んだ。

「殿下、こんな所においでででしたか！」

現れたのはソフィの叔父であるクラプトン伯爵だった。すぐ後ろには夫人と二人の子ども達、そして執事が付き従っている。

「馬車を降りた途端にお姿が消えたので驚きました。……我が家の使用人が何か粗相を致しましたでしょうか？」

青年に向かって「殿下」と呼びかけた伯爵は、傍らのソフィを認めて愛想笑いを引っ込めた。伯爵の一歩後ろでは、ベリンダが人形のような目でじっとソフィを見つめている。

「勝手に入り込んで申し訳ない、伯爵。彼女が木から落ちそうになっているのが見えたもので、咄嗟《とっさ》に」

青年がソフィの頬から手を離す。立ち上がって伯爵に向き直った時にはもう、先ほどの微笑みが幻であったかのように、青年は無表情に戻っていた。

伯爵は、青年の言葉に怪訝《けげん》そうに眉を寄せた。

「見えた……？」

伯爵が不審に思うのも無理はない、今ソフィ達がいるのは、使用人しか立ち入ることのない裏庭。伯爵邸の表側にある車寄せから見える位置にはないのだ。

「ああ、使い魔の目を通してね。ほら、あそこに」

青年の指差す先を辿《たど》れば、三階建ての伯爵邸の屋根の上に白いフクロウがいて、金色の真ん丸な目でこちらを見下ろしていた。一同から驚きと感嘆の入り混じったどよめきが起きる。

（使い魔の鳥さんだ……！）

神々しいような美しい姿に見惚《みと》れていると、「ソフィ！」と伯爵夫人の鋭い声が飛んだ。

「仕事をさぼって木登りをして、その挙げ句にお客様の――ツァウバル王国の王子殿下のお手を煩わせるだなんて！」

叱責され、ソフィは鞭で打たれたように体を強張《こわば》らせた。仕事をさぼったりなんかしていない。そう言いたかったけれど、弁解すれば余計に夫人の機嫌を損ねるだけだということは、この一ヵ月でよく身に沁みている。

「も、申し訳あり――」

「彼女は遊んでいたわけではないと思いますよ」

　ソフィの謝罪の言葉を静かに遮ったのは、魔法使いの青年だった。

「ご令嬢のリボンが風に飛ばされ木の枝に引っ掛かったのを、取り戻そうとしていたようです。こんなに幼いのに、たった一人で。ね、そうでしょう？」

　同意を求められ、ソフィはおずおずと頷《うなず》いた。

「大人でも躊躇うような高さだったのに、たいした勇気ではありませんか。リボンもほら、このとおり無事です」

　どうやら青年は、リボンが裂けてしまったことは秘密にしておいてくれるらしい。

「これほど献身的で忠誠心の高い使用人を雇っているとは、さすがはカナル王国でも名高いクラプトン伯爵家。夫人の指導も良いのでしょうね」

「まぁ、ほほ……。お褒めにあずかり光栄ですわ」

　たちまち上機嫌になった夫人に、ソフィはホッと胸を撫で下ろした。この様子ならきっと、今日はもう鞭で打たれることはないだろう。

　夫人と伯爵は、もはやソフィなど目に入らない様子で青年に向き直った。

「さあさあ、このような場所にいつまでも殿下を立たせておくわけにはまいりません。

応接室にご案内いたしましょう」

「ええ、すぐにお茶を準備させますわ」

伯爵夫妻が青年を促して歩き出そうとした時だった。

「でしたら、わたくしにご案内させていただきたいわ」

鈴を転がすような可憐《かれん》な声が割って入った。楚々《そそ》と進み出て青年の前に立ったのはベリンダだ。

「あなたは……？」

青年の視線が初めてベリンダに向けられた。

「クラプトン伯爵家が長女、ベリンダでございます。お目にかかれて嬉しゅうございます、ジークベルト殿下」

幼さに似合わぬ堂々とした淑女の礼を披露し、ベリンダがまっすぐに青年を見上げた。優雅に波打つ金の髪。最高級の宝石のように輝く青の瞳。磁器のように滑らかな白い肌。名工の手によって作られた人形のように整った顔立ちは、わずか八歳とは思えないほどに美しい。

「まあ。ベリンダったら、すっかり殿下に心を奪われたようですわ。ジークベルト殿下、よろしければ娘を応接室までエスコートしていただけませんこと？」

「お前達、殿下にそのような……」

伯爵が渋い顔で夫人とベリンダを窘《たしな》めようとしたが、青年は「構いませんよ」と伯爵を遮った。

「ご指名いただき光栄です、小さなレディ」

青年が無表情のままベリンダに手を差し出す。白くほっそりとした手を重ねながら、ベリンダがうっとりと頰を染めた。伯爵が満足そうに頷く。

「殿下の寛大なお心に感謝いたします。さあ、こちらへ。充分なおもてなしもできませんが」

「お気遣いなく。突然押しかけたのはこちらなのですから。ご先代の急逝を知り、いてもたってもいられず」

「それは痛み入ります。しかし、亡き父がツァウバル王国の王子殿下と親交を結ばせていただいていたとは、恥ずかしながら存じ上げず……」

「そうでしたか。それでは急にお訪ねしてさぞや驚かれたことでしょう」

和やかな会話を交わしながら、一行は伯爵邸の正面玄関の方へと歩き出す。

頭を下げて見送るソフィの脇を通り過ぎる時、ふと青年が足を止め、紫の瞳をソフィに向けた。

「ソフィといったね。これは魔法使いとしての直感だけど、君とはまた、いつかどこかで会える気がするよ」

「えっ、あ……」

どぎまぎしてうまく言葉の出ないソフィに小さく微笑み、青年は再び歩き出す。すらりと背の高いその後ろ姿を、ソフィはぼんやりと見つめた。

ソフィの窮地に颯爽《さっそう》と現れ救ってくれた魔法使い。裂けたリボンを不思議な魔法でたちどころに直し、夫人の叱責からも庇《かば》ってくれた。胸がじわりと温かくなる。

(良い魔法使いさん。ツァウバル王国の、ジークベルト殿下。本当にいつかまた会えたら……)

その名を心に刻んでいると、ふいにベリンダがソフィを振り返った。愛らしい微笑みの形を保ったままの唇が、音もなく素早く動く。

『調子に乗るんじゃないわよ』

氷の刃のような眼差《まなざ》しに、すっと背筋が冷たくなった。ソフィは慌てて腰を折る。浮き立つような気持ちはすっかり萎《しぼ》んでいた。

◇

早朝、手足のあまりの冷たさに目が覚めた。

薄暗がりの中、ほぅと吐き出した息は白い。ごわごわとした薄いブランケットを頭までかぶり直し、硬いベッドの上で痩せた体をきゅっと丸める。そうしていても、寒さで体はカタカタと震えてしまう。

ソフィが寝起きするこの小さな小屋は、元は物置として造られたもの。冬は絶えずすきま風が吹き込み、ベッドの上にいても土間からしんしんと冷気が上がってくる。

とろとろと夢の世界に戻りかけた時、カァ、カァというカラス達の鳴き声にはっと意識が浮上した。朝一番に鳴き始めるカラスの声は、日の出が近いことをソフィに知らせていた。

（起きなきゃ……）

痩せた体をのろのろと起こす。氷のように冷えきった靴に足を差し入れ、意を決して寝間着を脱いだ。寒さに鳥肌を立てながら素早く袖を通したのは黒いメイド服。そこかしこに繕い跡のあるメイド服は、十五になったソフィの体にいまやすっかり馴染《なじ》んでいる。

エプロンをつけ、艶の失《う》せた長い黒髪を手早く三つ編みにすると、ソフィは建付けの悪い引戸を音が出ないよう慎重に開けて外へ出た。途端に刺すような冷気に包まれた。暦の上では間もなく春だというのに、朝晩の冷え込みは真冬並みに厳しい。

両の手の平を擦り合わせながら、足音を殺して裏庭を抜け、井戸へと向かう。途中で一度足を止め、クラプトン伯爵家の家族が住まう本館と、使用人達が寝泊まりする北館に顔を向けた。まだ誰も起き出した気配がないことに安堵《あんど》し、再び歩きだす。

他の使用人達が朝の仕事を始める前に、井戸から水を汲《く》んで厨房《ちゅうぼう》の水瓶《みずがめ》を満たしておくこと。それは伯爵夫人からソフィに命じられた仕事の一つだ。少しでも遅れようものなら、後で伯爵夫人からきつい罰を受けることになる。背中を鞭で打たれるのもつらいが、あの地下室に閉じ込められるのはもっと恐ろしい――。

井戸から水を汲み上《あ》げて桶《おけ》に移し、いっぱいになったところで両手に持って歩き出す。桶の持ち手は細く硬く、水の重さを容赦なくソフィの手に伝えてくる。こぼさないよう気をつけて歩いても、水面は揺れて跳ね、スカートや靴を冷たく濡《ぬ》らした。よろめきながらようやく北館一階の厨房へ辿り着く。厨房の水瓶は大きい。重たい桶を胸の高さまで持ち上げ、やっとのことで瓶に水を流し入れた。

そうやって休むことなく井戸と厨房の間を十度往復し、ソフィはようやく桶を置いた。水の満ちた瓶を覗き込むと、さざ波のおさまった水面に、ソフィの顔が映り込む。涼やかな深い青の瞳に、品の良い小ぶりな鼻と口。痩せて血色の悪い細面の顔は、よく見れば類い稀《まれ》な美しさを秘めている。けれどそのことに気付く者はいない。

ソフィの顔の左側、頬から額にかけて、赤い炎が燃え上がっている。

九歳の時、ソフィの体の一部になってしまった、赤く醜い火傷痕《やけど》。六年経った今も決して見慣れることはない。

水に映る、虚《うつ》ろな瞳と目が合った。

「――」

カサカサと荒れた唇を開きかけ、閉じる。

(いつかきっと、良い魔法使いさんが……)

小さくかぶりを振る。次の仕事へ向かうため、ソフィは静かに踵《きびす》を返《かえ》した。


朝のダイニングルームに、食器の触れ合うささやかな音が流れる。

重厚なダイニングテーブルを囲むのは、クラプトン伯爵、夫人、そして息子のセオドアと娘のベリンダ。

「旦那様、本日のご予定でございますが――」

「うむ」

伯爵は早々に食事を終え、コーヒーを啜《すす》っている。そうしながら新聞に目を通し、初老の執事ゴードンがスケジュールを読み上げる声に頷きを返している。

他の三人は各々の食事に集中しているらしく、家族の会話は少ない。四人で囲むには広すぎるテーブルの上には、裕福さを誇示するかのように四人分とは思えない量の料理が並んでいる。

「そういえばベリンダ。昨日のお茶会はどうだったの？　侯爵家のお嬢様にご招待されていたのでしょう？」

少量の果物のみで朝食を終え、食後の紅茶に手を伸ばしながら、伯爵夫人が気怠《けだる》げな目を娘に向けた。昨夜も遅くまで夜会に出かけていた夫人は、あまり食欲がないらしい。

「ああ、メリッサ様のお茶会ね」

フォークの先でサラダをつつきながら、ベリンダが退屈そうに答える。

「正直に言って期待外れだったわ。紅茶もお菓子も会場の設《しつら》えも凡庸で。侯爵家と言ってもあの程度なのね」

「やっぱりねぇ。あそこの家は最近領地経営が上手《うま》くいっていないと、もっぱらの噂《うわさ》なのよ。どうにか取り繕ってらっしゃるけど、内情はかなり苦しいのじゃないかしら。……ああもう、薄いじゃないの。ちょっと。わたくしの朝の紅茶は濃い目にと、何度言えば分かるのかしら。今すぐに淹《い》れ直してちょうだい」

「は、はい、奥様。ただいま」

夫人の視線の先にいたメイドが、慌ててティーカップを下げる。それに一瞥《いちべつ》をくれてから、夫人がこれ見よがしなため息をついた。金の髪に灰色の瞳の夫人は、整った目鼻立ちながら、細い顎が神経質そうな印象を与える。

「ふぅん、なるほどね」

夫人の話を聞いたベリンダが、合点《がてん》がいった様子で頷いた。

「メリッサ様のドレスもアクセサリーも、なんだか垢抜《あかぬ》けないと思っていたのよ。地味なお顔でいらっしゃるのに、どうしてドレスまで流行遅れの地味なものをお召しなのかしらって。ああでも、もしかしたらご自分では気付いておられないのかもしれないわ。そうでなければこのわたくしに向かって、『あなた、なかなか綺麗な子ね。お友達にして差し上げてもよろしくってよ』なんて言えるはずがないわ。なかなか、だなんて！」

その時の様子を思い出したのか、ベリンダは苛立《いらだ》った様子でポーチドエッグに何度もフォークを突き立てた。白身がぐちゃぐちゃと崩れ、黄身が皿に流れ出る。

「もちろん、相手は侯爵家の方ですもの。にっこり笑って、『まあ、光栄ですわ。わたくしのような者でメリッサ様に釣り合うか、自信がありませんけれど』とお答えしておいたわよ。だけど本当は、『わたくしがおそばにいたのでは、ますます霞《かす》んでしまわれますわよ』とご助言して差し上げたかったわ！」

「まあベリンダ、メリッサ様は格別不細工というわけではないわ——美人とも言えませんけれどね。仕方ないわよ、あなたと比べたら誰だって見劣りしてしまうんですもの」

「ふふ、お母様ったら」

夫人は笑みの形に唇を歪《ゆが》めてうっとりと娘を見つめ、ベリンダはそれを当然のような微笑で受け止めた。

十六歳になったベリンダはますます美しく成長していた。両親から受け継いだ金の髪は華やかに波打ち、ぱっちりとした深い青色の瞳を、長い睫毛《まつげ》が囲んでいる。小ぶりな鼻は形良く上品で、ぷっくりとした唇は紅を差したように艶やかで赤い。そばかす一つない肌は上質な磁器のように白く滑らかで、内側から光を放っているようにすら感じられる。ほっそりとした身体《からだ》は女性らしい丸みを帯びていて、花開く直前の薔薇《ばら》のように瑞々《みずみず》しい色香をまとっている。誰もが目を奪われずにはいられない、ベリンダは非常に華やかで魅惑的な容姿の少女なのだった。

「ベリンダももう十六歳。来月の王宮の夜会で本格的に社交界デビューしたら、きっと婚約の申込みが殺到するわね」

「お父様、お母様。わたくしの婚約者には、地位も容姿も最高の殿方を選んでくださらなくちゃ嫌よ」

「もちろんですとも。ベリンダは格上の侯爵家……いいえ、王族にだって嫁げるほど美しいんですもの。ねえ、あなた？」

伯爵夫人が上機嫌な顔を夫に向ける。

「そうだな。このカナル王国に、ベリンダと歳《とし》の釣り合う王子がおられないのが残念だ。王太子殿下はまだ九歳でいらっしゃるからな」

新聞に目を落としたまま伯爵が答えた。伯爵の傍らにいた執事のゴードンが心得た様子で一歩下がる。

ベリンダの父親である伯爵もまた、金の髪に深い青の瞳を持つ整った容姿の男だ。

綺麗に整えられた口髭《くちひげ》が、生来の甘い顔立ちに年相応の渋みを与えている。ただしその表情にも口調にも甘さは微塵《みじん》もなかった。

「王太子妃の座は魅力的だけど……七つも年下の王子様の成人を待っていたのでは、さすがに嫁き遅れになってしまうわ」

「心配せずとも、公爵家や侯爵家の子息は全て把握済みだ。相手は慎重に選ばなければな。我がクラプトン伯爵家の娘を嫁がせるのだから」

そんな親子の会話が繰り広げられる中、ソフィはダイニングルームの隅にひっそりと佇《たたず》んでいた。

給仕を担当するわけではない。それは他の使用人達が担当していて、ソフィは手出しをしないように言われている。後片付けのために控えておくよう伯爵夫人から命じられ、ただただ食事風景を見せつけられるためだけに立っているのだ。バターやベーコンの匂いが鼻を刺激し、きゅる、と小さくお腹《なか》が鳴った。日が昇る前から働き続けているが、いまだに水しか口にしていない。

食事の間、伯爵も夫人もベリンダも、まるでソフィが見えていないかのように注意を払うことはない。ただ一人、伯爵の息子だけが違っていた。

ソフィより二つ年上のセオドアは、ベリンダと同じく華やかな金の髪と深い青の瞳を持つ。母親に似て色白で線が細く、クラプトン伯爵家の一員らしく整った容姿をしている。

そのセオドアは、無言で食事を続けながら、時折ちらちらとソフィに目を向けてくる。けれどソフィは足元の床に目を落とし、その視線に気付かないふりをし続けた。

「ねえ、あなた。周辺国の王族の中に、ベリンダとお歳の釣り合う方がいらっしゃるのではなくて？　たとえば西のウェスターナ王国とか、東のトーグ王国あたりに」

「ああ、何人かいるな。我が家の商会と取引きのある国の方なら、お目通りする機会も作れるかもしれん」

「でしたら、ジークベルト様にお目にかかれないかしら？」

ベリンダが目を輝かせて身を乗り出した。ソフィは俯けていた顔をわずかに上げる。伯爵もまた、新聞に落としていた視線をベリンダに移した。

「ジークベルト殿下……北の魔法大国ツァウバルの末王子、いや、三年ほど前に国王が代替わりして、今は王弟か」

「御年は今年二十六、わたくしと十歳差よ。まだ婚約者はいないとお聞きしたわ。輝く銀の髪に、アメジストのような紫の瞳。あんなに美しい殿方は他にいないもの……」

ベリンダが遠くに目をやり、うっとりと頬を染める。

「それに、お姿が素晴らしいだけでなく魔法使いとしても当代一だと聞いたわ」

「うむ。ジークベルト殿下は現在、ツァウバル王立魔法研究所の所長を務めておられるそうだ。噂では国王陛下をも凌《しの》ぐ魔力を持つというが……」

「あら、ベリンダを嫁がせるのに申し分ないじゃないの」

夫人もまた華やいだ声を上げたが、伯爵はわずかに眉根を寄せた。

「ツァウバルの王弟か……。我が家に取り込めるなら願ってもないことだが……なかなか難しいだろうな。我が商会はツァウバルとの取引きはないし、それにあの国の王族や貴族は、魔力を持たない他国の者との婚姻には消極的なのだ」

「だからって、そんなに簡単には諦められないわ」

ベリンダが唇を尖《とが》らせる。

「だって一目惚《ひとめぼ》れなの。もう一度お目にかかる機会さえあれば、きっとジークベルト様を振り向かせてみせるわ。もうあの時のような子どもではないんだもの」

「もちろん機会が巡ってくれば、クラプトン伯爵家として後押しは惜しまんが……。だがまずは国内に目を向けなさい。白薔薇宮の夜会はもう来月だが、準備は進んでいるんだろうね？」

伯爵が夫人に視線を向ける。夫人が細い顎をわずかに反らした。

「もちろんですわ。ドレスもアクセサリーも最高級のものを注文済みです。特にドレスは、イザベル王妃殿下御用達《ごようたし》のメゾンで誂《あつら》えましたもの。間違いはありませんわ」

「青薔薇をモチーフにした、それはもう素敵なデザインなのよ。出来上がりが待ち遠しくって」

ベリンダが声を弾ませる。

「イザベル王妃殿下は美しいものを好まれる方。特に薔薇は、専用の薔薇園をお造りになるほど熱を入れておられますもの。美しいベリンダが美しい青薔薇のドレスをまとえば、王妃殿下の目に留まることは間違いありませんわ」

夫人の言葉に、伯爵が満足そうに頷いた。

「ベリンダ、我がクラプトン伯爵家のますますの発展のため、王妃殿下に気に入られるよう努めなさい」

「もちろんよ、お父様。そのためにダンスや礼儀作法のレッスンに励んできたんだもの。ふふっ、白薔薇宮の夜会、本当に楽しみだわ」

ベリンダが自信たっぷりに口角を上げる。

その時、それまで一度も会話に入らずにいたセオドアが、「ねえ」と口を挟んだ。

「ソフィは夜会に連れて行かないんですか？　ソフィだってもうじき十六歳でしょう？」

その言葉に場がしんと静まり返った。

一拍遅れて、皆の目が一斉にソフィに向けられる。ソフィはビクリと小さく身体を震わせ、ますます顔を俯けた。忌々しい害虫でも見るような視線は、何度向けられても慣れるものではない。

伯爵と夫人はすぐにソフィから視線を外した。夫人は、嫌なものを見てしまったとでも言いたげに眉根を寄せながらナプキンで口元を拭く。

「……セオドア、馬鹿なことを言わないでちょうだい。国王陛下や王妃殿下の御前に連れて行けるはずがないでしょう、平民の娘を」

「平民と言っても、ソフィはれっきとしたクラプトン家の血筋でしょう？　亡くなった伯父様……父上のお兄様の一人娘なんですから」

腹の前で揃えた手が、すぅっと冷たくなっていく。

（やめてください。それ以上わたしの話をしないで……）

心の中でセオドアに訴えかける。彼がソフィを擁護する発言をすればするほど、伯爵夫妻とベリンダを苛立たせることは分かりきっている。そして彼らの苛立ちは、そのままソフィに向けられるのだ。

けれどソフィの切実な祈りは届かず、セオドアはなおも言葉を重ねた。

「ソフィは僕とベリンダにとっては従妹なんだし、本当なら養女にしたっていいくらいな――」

新聞をテーブルに叩《たた》きつける音がセオドアの言葉を遮り、ソフィの身を竦めさせた。

「いいかげんにしないか、セオドア。あれの父親は、モーリスは、栄誉あるクラプトン伯爵家の嫡男でありながら、無責任にも家を捨てて駆け落ちしたのだぞ。あのような愚かな男、もはや兄とは思っておらん。おまけに」

静かな怒りをはらんだ伯爵の声に、さらに侮蔑の色が混じった。

「母親はどこの馬の骨とも知れない女ときてる。フン、どうせどこぞの娼婦か女給にでも引っかかったんだろう。そんな卑しい血筋の娘を、誇り高きクラプトン伯爵家に入れるだと？　冗談じゃない」

両親を侮辱する言葉に、ソフィの全身から血の気が引いていく。

「そうよ。七歳で両親を亡くして路頭に迷うところだったあの子を引き取り、この歳まで育てたのです。なんの取り柄もない子をね。それだけでも感謝してほしいくらいだわ。あの醜い顔を見るだけでぞっとするというのに、そのうえ養女だなんて」

ありえないわ、と夫人が呆《あき》れ顔《がお》で肩を竦める。

ソフィは、小刻みに震える両手を腹の前でぎゅっと握りしめた。

(醜いって……これは、この顔の火傷痕は……!)

腹の底からふつふつと湧き上がる言葉を、痛いほどに奥歯を嚙《か》みしめて押しとどめた。ここで彼らに言い返すことは、ソフィには決して許されていないのだ。

「お父様とお母様のおっしゃるとおりよ」

震えながら耐えるソフィを蔑みの目で見据えたまま、ベリンダが言う。

「卑しい生まれの、醜い子。わたくし、この子と血が繫《つな》がっていると考えるだけで嫌な気持ちになるの。お兄様は優しすぎるわ。同情なんかしたって、この子をつけ上がらせるだけよ」

「だけど——」

「セオドア、いいかげんにしないか」

鋭く切りつけるような伯爵の声に、セオドアは再び口を噤んだ。

「お前はこの歴史あるクラプトン伯爵家の嫡男なのだ。いついかなる時もその誇りを忘れるな。——お前も、妙な勘違いなどせず身の程をわきまえよ」

最後の言葉はソフィに向けて、厳《いか》めしく言い放つと、伯爵は話は終わったとばかりに席を立った。夫人とベリンダも続いて立ち上がる。

三人がダイニングルームを出て行くのを、ソフィは深く腰を折って見送った。セオドアだけがソフィの前で立ち止まり、もの言いたげな視線を向けてきたが、彼が部屋を出るまでソフィは頭を下げ続けたのだった。


一人きりでダイニングルームの掃除を終え、ようやく使用人用の食堂に辿り着いた時には、他の使用人達はとっくに朝食を終えていて、がらんとした食堂の隅にパンが二切れ残っているだけだった。コック見習いの少年に頭を下げてお湯を分けてもらい、ポットと二切れのパンを手に食堂を出る。

裏庭に出ると寒風が吹きつけた。本当は温かいスープかミルクでお腹を満たしたかったが、希望は叶《かな》わなかった。熱いお湯が貰えただけマシだと思うことにする。それに、今日はパンが二切れ残っていた。運が悪い時は一切れしか残っていないのだ。

寝起きしている物置小屋に戻り、ソフィは息をついた。食事はいつも、食堂ではなくここで一人でとることにしている。

狭くて暗い小屋だ。まともな家具は古いベッドと、引き出しの取っ手が外れかけたチェスト、それから小さなテーブルセットだけ。テーブルは足がたついていて、椅子には背もたれもない。それでも裏庭の隅のこの小屋だけが、ソフィが唯一気を抜ける場所だった。

ソフィは、チェストの一番上の引き出しを、取っ手が外れないよう慎重に開けた。中には食卓周りの小物や雑貨とともに、小さなブリキの缶がいくつも並んでいる。

その内の一つを取り出し蓋を開けると、かすかに甘い香りが鼻をくすぐった。缶の中には乾いて色褪《いろあ》せた小花がたくさん入っている。前の年の初夏に裏庭に自生しているのを見つけ、摘み取って乾燥させておいたカモミールだ。

これを小さな匙《さじ》で掬《すく》い、お湯の入ったポットに入れた。しばらく待ってから、黄金色に染まったお湯をカップに注ぐ。湯気とともに、林檎《りんご》のような爽やかで甘い香りが広がった。その香りを胸いっぱいに吸い込み、それから一口飲んで、ソフィはほぅ、と息を吐いた。

『これはカモミールのお茶よ。ほら、夏の初めに一緒に白いお花を摘んだの、覚えてる？　甘くていい香りねぇ。カモミールのお茶は身体を温めてくれるの。こんな寒い日にはぴったりね』

遠い日の、柔らかな母の笑顔を思い出す。

ソフィの母アンは、小さな庭で草花を育てるのが好きな人だった。そして香りの良いハーブを日々の生活に取り入れるのが上手な人だった。お茶、料理、お菓子、ポプリ、飾り……。母が丁寧に整えた小さな家は、いつだって明るく温かで、心地の良い香りに満たされていた。

七つの時に亡くなった両親の形見の品を、ソフィは何一つ持っていない。年月とともに薄れゆく両親との思い出を繋ぎとめるように、ソフィは裏庭で見覚えのあるハーブを見つけては、こうしてお茶やポプリにしているのだった。

立ち上る湯気が目に染み、ソフィは目を瞬《まばた》いた。手の甲で目元を拭い、固いパンを咀嚼《そしゃく》する。

父の生家であるクラプトン伯爵家に引き取られて八年、使用人として暮らすようになって七年が過ぎた。親族であるはずの伯爵家の人々からは邪険に扱われ、使用人達の輪に入ることもできない。醜い火傷痕を負ってからは、堂々と顔を上げて歩くことすら許されない。

『君とはまた、いつかどこかで会える気がするよ』

まるで物語のように颯爽と現れ、ソフィを救ってくれた魔法使い。ともすれば縋《すが》りそうになるあの言葉を、ソフィは努めて思い出さないようにしている。

（期待しては駄目よ。わたしとは住む世界が違う方なんだから……）

あの魔法使いの顔も、七年経った今ではおぼろげにしか思い浮かべることはできない。ただ、美しい銀の髪と紫の瞳だけが、鮮やかに脳裏に焼き付いている。

寂しく、希望のない生活。それでも衣食住が保証されているだけ恵まれているのだと、ソフィは自分に言い聞かせている。何の技能も伝手《つて》もない、おまけに顔に火傷痕のある十五歳の少女が、伯爵家を出て一人で生きていくのは容易なことではない。

（いつかこの家を出たい。だけど、どうすれば……）

乾いたパンをもそもそと飲み込んだ時だった。小屋の扉が控え目にノックされ、ソフィはぎくりと身体を強張らせた。ソフィの寂しい小屋を訪れる者は、そう多くない。その全員が、ソフィにとってはありがたくない訪問者だった。

「ソフィ、僕だよ。いるんだろう？　ここを開けておくれ」

忍んだ声の主に気付いたソフィは、わずかな躊躇いの後に立ち上がり、扉を開けた。

「ああソフィ。良かった、やっぱりいた」

「セオドア様……」

するりと小屋の中に入り込んできたのはセオドアだった。色の白い端正な顔には、儚《はかな》げな微笑が浮かんでいる。

「さっきはごめんね。ソフィのためを思ってのことだったのに、かえって嫌な思いをさせてしまったね」

「いえ……お気になさらないでください」

ソフィは顔を俯かせ、力なく首を振る。クラプトン伯爵家の中で絶対的な権力を持っているのは、言うまでもなく当主である伯爵である。嫡男とはいえ、セオドアの発言権はたいして強くない。セオドアがソフィを庇うような発言をしても、伯爵夫妻の感情を逆撫《さかな》でするばかりで、結果的にソフィの助けにはならないのだ。

「だけど僕だけはソフィの味方だから。いつか必ず、父上達からソフィを救い出してみせるからね」

セオドアから熱の籠った視線が注がれる。けれどソフィは顔を上げることができなかった。彼に見つめられると、どうにも落ち着かない気持ちになる。

(こんなふうに思ってしまうなんて、セオドア様に失礼なのに……)

クラプトン家の中で唯一、セオドアだけがソフィを悪しざまに言わない。それどころか折に触れて気遣うような言葉をかけてくれる。伯爵家に引き取られた当初はあまりソフィに関心がない様子だったのに、顔に火傷痕を負った頃から、こうしてソフィを気にかけてくれるようになった。

だというのに、ソフィはなぜか、彼と視線を合わせると、うまく言葉にできない居心地の悪さを感じずにはいられないのだ。

「それから、これを君に」

セオドアが突然、ソフィの手を取った。ひやりと冷たい手の感触に肩が跳ねる。手を引く間もなく、小さな紙包みを握らされた。

「クッキーだよ。食事が足りていないだろうと思って」

「……いえ、このようなことをしていただくわけには……」

まだまだ空腹を訴えるお腹を手で押さえ、ソフィは断りを告げる。

これまでにもセオドアがこっそり食べ物を差し入れてくれたことは何度もあった。だが、たいてい夫人の知るところとなり、そのたびにソフィは罰として食事を抜かれてきたのだ。執事のゴードンからも、セオドアから施しを受けないよう、きつく言われている。

「遠慮しないで。母上に叱られるのを心配しているの？　大丈夫だよ、食べてしまえば証拠は何も残らないんだから」

言いながらセオドアは包みを素早く開くと、クッキーを一枚摘まみ、ソフィの口元に差し出した。

「さあ、口を開けて。ね？」

ちょん、とクッキーがソフィの唇に触れる。甘い香りにゴクリと喉が鳴る。おずおずと開いた唇の隙間に、クッキーが差し込まれた。

一口齧《かじ》ると、あとはもう夢中で咀嚼し飲み込んだ。シナモンかジンジャーでも入っていたのだろうか、奇妙な温かさが腹の奥にじわじわと染み込んでいく。

「ふふ。いい子だね、ソフィ……」

吐息混じりの声で名を呼ばれ、ソフィはのろのろと顔を上げた。セオドアは、端正な顔にうっとりと蕩《とろ》けるような笑みを浮かべてソフィを見つめていた。その瞳は青い炎のような熱を帯びている。

「もっと僕を信じて、僕を頼ってほしいな。君を助けられるのは僕だけなんだからね」

「セオドア様……」

手を握られたまま、ぼんやりとセオドアを見つめ返す。

（わたしを助けられるのは、セオドア様だけ……）

「君のこの火傷痕だって、他の誰が何と言おうと、僕は醜いだなんて思わないよ」

火傷痕のある左の頬をするりと撫でられ、ソフィの心臓がドクンと跳ねた。

「だってこれも、愛《いと》しい君の一部なんだから……」

それを聞いた瞬間、ヅクリと全身に震えが走った。

(今、セオドア様は何とおっしゃったの……？　わたしの一部？　愛しいですって……？　この火傷痕は……！)

理解が追いつかず固まるソフィの前に、セオドアがさらにクッキーを差し出す。

「さあ、ソフィ。もう一枚お食べ――」

その時だった。

「何をしているのです」

冷ややかな男の声に、ソフィははっと我に返った。小屋の入り口で、初老の執事が無表情に二人を見つめている。

「ゴードン……」

ソフィのエプロンのポケットに残りのクッキーをねじ込み、セオドアが忌々しそうに執事の名を呟いた。

「ソフィさん。部屋に男性を連れ込むとは淑女にあるまじき行い。恥を知りなさい」

「いえ、わたしは――」

「やはり血は争えませんね。モーリス様を誑《たぶら》かし堕落させた忌々しい悪女の血で、今度はセオドア様を惑わそうというのですか」

　ゴードンの言葉に、血の気が引いていく。

「待ってくれ、ゴードン。僕が勝手に押し掛けたんだ。ソフィを責めないでやってくれないか」

　セオドアがソフィを庇うように間に入ると、ゴードンの冷ややかな目は、今度はセオドアに向けられた。

「坊ちゃま、使用人の教育はこのゴードンの役目です。口を挟まないでいただきましょう」

「……ソフィはただの使用人じゃない、僕の可愛い従妹だ」

「可愛い、ですか」

　ゴードンが細い目を眇《すが》めた。

「坊ちゃま。よもやソフィさんを奥方になどと、馬鹿なことを考えてはおられないでしょうね？　認められませんよ、決して」

「……分かっているさ、そんなこと……」

　セオドアが悔しそうに唇を噛む。ゴードンは先代当主が若かりし頃からクラプトン伯爵家に勤めている。使用人とはいえ赤子の時から世話になっている最古参の執事には、セオドアも強くは出られないらしい。

「お分かりならば結構です。ソフィさんのことを思うなら、これ以上関わり合いになりませんよう。坊ちゃまが情けをかけることは、ソフィさんのためになりません。それから、旦那様がお呼びです。執務室までお急ぎください」

「あ、ああ……」

名残惜しそうにソフィを振り返りながら、セオドアは去って行った。

その後ろ姿を険しい表情で見送ってから、ゴードンは再びソフィに目を戻した。

「さて、ソフィさん。ポケットの中の物を出しなさい」

ソフィは大人しくクッキーの包みをゴードンに差し出す。

「これは没収します。セオドア様から食べ物を受け取ってはならないと申し上げたのを、お忘れのようですね」

「いえっ、忘れていたわけでは——」

「言い訳は無用。罰として今日の課題を追加します。『カナル王国記』第十章第一節を書写しなさい。美しい文字で。一ヵ所でも誤りがあればやり直しです」

「……」

伯爵夫人も何かと理由をつけてはソフィに罰を与えるが、それは執事のゴードンも同じだった。ただし夫人のように鞭をふるうのではなく、書写、暗誦《あんしょう》、算術といった学問の課題を課す。

ゴードンから与えられる課題は適切に段階を踏んだものではなく、基礎学力の足りないソフィには難解なものばかりだった。平民として生きていくのに必要とされるレベルはとっくに超えている。しかも完璧を求められ、少しでもミスがあれば何度でもやり直しを命じられる。できるまで眠ることは許されない。

それを、使用人として課せられた仕事に上乗せしてこなさなければならないのだ。何年も必死にこなし続けた結果、近頃ではなんとか睡眠時間を犠牲にせずに済むようになったが、目的の分からない課題は苦痛でしかなかった。

「不満そうですね。何のために、と思っているのでしょう」

ソフィの心を読んだかのようにゴードンが言う。

「それはあなたがあの方の――モーリス様の血を引く娘だからですよ。モーリス様は幼い頃からたいへん優秀な方でした。あなたが今やっている程度の学問は、十の時分には完璧に修めておられた。クラプトン伯爵家の歴史に名を残す、立派なご当主になられるはずでした。――どこぞの悪女に誑かされたりしなければ」

ゴードンの声が一段低くなる。この初老の執事はいつもこうだった。ソフィの父モーリスを悪く言うことはなく、むしろことさらに賛美する一方で、母のことは悪し様に罵るのだ。憎しみすら感じさせる声音で。

「卑しい女の血が混じっているとはいえ、あなたはまぎれもなくあの方の子。であれば、あなたはあの方と同じようにできるはずです。そうでなければならない」

ソフィを見下ろすゴードンの目。その目が何を映しているのか、ソフィには理解できない。分かっているのは、ソフィに拒絶する権利はない、ということだ。

「……かしこまりました、ゴードンさん」

従う意を示せば、ゴードンは「よろしい」と頷いた。

「それでは速やかに仕事に戻りなさい」

言いおいて、ゴードンは踵を返す。

ソフィも足早に次の仕事に向かった。ゴードンに命じられた課題をこなす時間を捻出するため、少しでも早く仕事を済まさなければならない。


それから二ヵ月ほどが経ったある日、ソフィは侍女達に交じり、午前中いっぱいかけて、お茶会に出掛けるベリンダの支度を手伝った。

一ヵ月前に王宮の夜会で社交界デビューしたベリンダは、精力的に社交に励んでいる。毎日のように、夜会にお茶会にと忙しい。その甲斐《かい》あってか、念願叶ってイザベル王妃の目に留まったらしい。少人数のお茶会に招待されたとあって、身支度にもいっそう気合いが入っていた。

ベリンダが出掛け、部屋中に散乱する靴や小物類を丁寧に片付けた後、ソフィは一人で裏庭の掃除をしていた。それなりに広さのある裏庭を一人で掃除するのは、そう楽なことではない。雑草の元気な季節は特に。それでも、ソフィはこの仕事が一番好きだった。

柔らかい春の風がそよぐ中、ソフィは庭の隅、緑の生い茂る辺りにしゃがみ込んだ。

(ラベンダーの新芽、順調に育っているみたい。タイムも……あ、ローズマリーも)

冬の間は葉の色をグレーに変えていたハーブ達が無事に冬を越えたことを知り、ソフィは口元をほころばせた。

(カモミール、今年も芽が出てきてくれて良かった。お花が咲くの、楽しみだな)

可愛らしい小花の姿と甘い香りを思い浮かべると、心がわずかに浮き立った。

ハーブの芽を丁寧に見分け、雑草を一本一本抜いていく。湿った土と草の混じり合う匂いに、春の力強さを感じる。

ここはソフィの小さなハーブ園。裏庭で自生していたハーブを見つけ、剪定《せんてい》したり植え替えたりしながら、何年もかけて整えてきたものだ。亡き母がしていたのを懸命に思い出しながら。

種類も規模も母の庭には遠く及ばないが、ソフィにとっては大切な庭。このハーブ達の世話をしている時間と、お茶やポプリの香りに包まれている時だけが、唯一心の休まる時なのだった。

夫人やベリンダに知られれば、「勝手なことをするな」と禁止されてしまうだろうが、幸いなことに二人が裏庭に姿を見せることはない。他の使用人達は、ソフィがせっせとハーブの世話をしていることを知っているはずだが、今のところ邪魔をされることはなかった。時々コック達が無断でハーブを摘んでいくことはあるけれど、採りつくされるわけではないので気付かないふりをしてやりすごしていた。

(ミントは今年も元気いっぱいね。こんなに小さいのに、とってもいい匂い。でも増えすぎる前に間引かなきゃね。間引いた葉っぱはミントティーにして……)

そんなことを考えながら手を動かしていると、近くの草むらでカサリと何かが蠢《うごめ》く気配があった。

(カエルさん? それともトカゲさんかしら?)

ところが、視界に飛び込んできたのは見慣れぬ黒いかたまりだった。ソフィはぎょっとして、伸ばしかけた手を止めた。そうっと近づいて見れば、草むらの中に、ソフィの片手に乗るほどの小さな黒い毛玉のような物が落ちている。

（何……？）

息を殺して見つめる先で、黒い毛玉がもぞもぞと動き、「クゥ」と小さく鳴いた。

「えっ、鳥……もしかして、カラスの赤ちゃん……⁉」

それは黒い羽毛に覆われた、カラスのヒナのようだった。身体は小さく、羽毛はふわふわで、どう見ても巣立ちの時期には早い。

（近くに巣があるのかしら？　巣から落ちてしまったの？）

そう思って周囲を見回すが、それらしいものは見つからない。親鳥らしいカラスの姿も見当たらなかった。

いつからここにいたのか、ヒナはずいぶん衰弱しているらしい。立ち上がって羽ばたこうとはせず、クゥクゥと鳴く声も弱々しい。エサを求めているのか、それとも親鳥を呼んでいるのか、大きな口を懸命に何度も開け閉めする姿に胸の奥がきゅっとなった。

（どうしよう……）

今すぐに抱き上げて助けたい衝動に駆られるが、もし親鳥が近くにいるのなら、余計なお節介になってしまうに違いない。

ソフィは一旦ヒナから離れて見守ることにした。親鳥が気付いて迎えに来てくれればと思ったのだが、間もなく塀の上に姿を現したのは親鳥ではなく、このあたりに住みついている野良猫だった。野良猫の目が、カラスのヒナがいる茂みを捉えたその瞬間、ソフィは駆け出していた。

「駄目よ！　あっちへ行って！」

大声で野良猫を追い払い、両手でカラスのヒナをそっと掬いあげると、大急ぎで小屋の中に連れて帰ったのだった。

その日から、カラスのヒナとの生活が始まった。

持ち手の取れたバスケットに古いタオルを敷き詰め、ヒナの寝床とした。

一日三回、食堂で貰ってきたパンを手に小屋へ戻ると、「クァクァクァ」と真っ赤な口をパクパクさせて出迎えてくれる。

「待っててね、クーちゃん。すぐに準備するから」

パンを小さくちぎり、ミルクに浸してふやかす。それを小さなスプーンで掬ってヒナの口に入れると、「アワワワワ……」と鳴き声を上げながら飲み込む。もっともっと催促されるままに与えると、準備したエサはあっという間になくなってしまう。

「ごめんね、もうないの……」

眉を下げてそう言うと、ヒナは「クゥ」と一声鳴いてから口を閉じた。

ヒナのために追加のパンを貰うことはできない。カラスのヒナを育てていることは秘密にしているのだ。真っ黒な身体でゴミや屍肉《しにく》を漁《あさ》るカラスは、人々に好かれていない。

そういうわけでソフィのパンを半分、ヒナに分け与えているのだが、元々のソフィの取り分自体が少ないのだ。育ち盛りのヒナには足りないに違いないのに、ヒナはソフィの言葉を理解しているかのように、それ以上はねだってこない。

「クーちゃんは賢い子ね」

「クゥ……」

ヒナの頭のてっぺんや首のあたりを指先でこちょこちょと撫でると、気持ちよさそうに目を閉じる。その愛らしい姿に思わず口元がゆるむ。

「ふふ、可愛い……」

ソフィの食事は以前にも増して少なくなってしまったが、ヒナのことを思うと空腹は不思議なほど気にならなかった。

間もなく、ヒナはバスケットの中で身を乗り出して、バタバタと羽を羽ばたかせるようになった。次いで、小屋の中を歩き回るようになり、ベッドやチェストの上から飛び降りてはまた上ってを繰り返し、飛ぶ練習を始めた。

やがて、ソフィが裏庭で仕事をする時に一緒に小屋の外に出るようになった。水桶《みずおけ》を運ぶソフィの後ろをトコトコとついて歩いたり、掃き掃除をするソフィの肩や頭に飛び乗って遊ぶ。ヒナが一緒にいるからだろうか、重たい水桶を運びながらもソフィの心は軽かった。

塀や小屋の屋根、庭木などを使って飛ぶ練習を繰り返したヒナはあっという間に上達し、十日もすると危なっかしいながらも辺りを飛び回るようになった。それと同時に、自分でエサを見つけることも覚えたらしい。ソフィの用意するエサだけでは明らかに足りていないはずだが、足りない分は自力で補っているようだ。

クーはとても賢いカラスのようで、他のカラスのように大きな声で鳴くことは滅多にない。また、他の使用人が裏庭にいる時は、庭木の枝や塀の上に留まったままひっそりと気配を消している。おかげでクーは、伯爵家の裏庭から追い払われることなく過ごすことができた。

夜はソフィの小屋のバスケットの中で眠る。寝る前に、クーの丸い頭を撫でながら、いろんなことを話して聞かせるのがソフィの日課になった。夫人やベリンダから悪し様に言われた日には、その辛《つら》い気持ちを吐露することもあった。

「今日も奥様とベリンダ様に、醜いと言われたの。この顔の火傷痕は、本当は……っ、ううん、なんでもない。ベリンダ様が使っているような白粉《おしろい》があれば、少しは隠せるのかな……」

「クゥ……」

クーはまるでソフィの話に耳を傾けているかのように、じっとソフィの顔を見つめている。

「でもね、わたしのことよりも、お父さんとお母さんを悪く言われる方が辛い……。会いたいなぁ……お父さんとお母さんに。二人が亡くなったのはね、わたしの七歳のお誕生日のことだったの。三人で海辺の町に向かう途中、乗合い馬車の事故で……何が起きたのか、そこだけ記憶が抜け落ちているのだけど、わたし一人だけ生き残ってしまって……。わたしも一緒に連れて行ってくれたらよかったのに……」

「クゥ、クゥ……」

声を詰まらせると、クーが慰めるように小さな頭をソフィの手に寄せた。ソフィは目元を拭い、カラスに微笑んで見せる。

「……そうよね、そんなことときっと、お父さんもお母さんも望んでないよね……」

「クァ！」

「ありがとう、クーちゃん。わたし、頑張るね。いつかこの家から出られる日まで、絶対に折れたりなんかしない……」

クーと過ごすひと時がソフィの日々の慰めになり、そうしてあっという間に二ヵ月が過ぎた。


この日もソフィが裏庭で草むしりを始めると、クーはすかさずやってきて、ソフィの近くにバサリと降り立った。ちょんちょんと跳ねてきて顔を右に傾け、まん丸の左目でじっと見上げてくる。よく見ればそのくちばしには何かを咥《くわ》えている。

「なぁに？」

差し出した手の平の上にぽとりと落とされたのは赤い木の実だった。

「桜の実……これをわたしに？」

尋ねると、「カァ」と短い返事が返ってくる。見つけてきた食べ物を、ソフィにお裾分けしてくれるらしい。桜の実はサクランボと違い人間には苦くて食べられないのだが、誇らしげに胸を張るクーの姿に、ソフィは顔をほころばせた。

「とっても嬉しい。ありがとう、クーちゃん」

お礼に頭のてっぺんをそっと撫でると、もっともっととねだるように頭を差し出してくる。その仕草に、愛おしさと寂しさが込み上げた。

「……クーちゃんは、もうじきわたしのもとから飛び立ってしまうのよね……」

ぽつりと呟くと、クーはソフィを見上げ、不思議そうに首を傾《かし》げた。ソフィは淡い笑みでそれに応える。

「ごめんね、クーちゃんが独り立ちするのは嬉しいことのはずなのに……」

この人懐っこいカラスが巣立ってしまったら、ソフィはまた独りぼっちになってしまう。一人でいることにはもうすっかり慣れたつもりだったのに、クーがいない生活を想像するとどうしようもなく気持ちが沈んだ。

クーの頭を撫でながら、ソフィは空を見上げた。晩春の澄んだ青空を、白い雲がゆったりと流れている。

「クーちゃんはいいなぁ、翼があって……。わたしも一緒に飛んで行けたらよかったのに。どこまでも、自由に……」

クラプトン伯爵家を出て、自由に生きたい。その思いは日増しに強くなっていく。

「わたしもクーちゃんのような翼が欲しい。自由に生きていくための翼が……」

けれど今のソフィには何の技能も伝手もない。それに、無給で使用人扱いを受けるソフィは、自立のための蓄えを作ることすらできないでいる。募る思いとはうらはらに、伯爵家を出る目処《めど》は全く立っていないのだった。

「クーちゃん、せめてもう少しだけ、わたしのそばにいてね――」

カラスに目を戻し、そう声をかけた時だった。

突然、クーが翼をバサバサと羽ばたかせ、「カァ」と鋭い声をあげた。複数の人間が近づいてくる気配に気付き、ソフィははっと後ろを振り返る。

「あらまぁ。ソフィがカラスを飼っているという話は本当だったのね」

数人の使用人を従え、腕組みをして立っていたのはベリンダだった。

「ベリンダ様……」

ソフィはさっと立ち上がり、クーを後ろに庇うように前に出た。使用人の領域である裏庭にベリンダがやってくることはめったにない。しかも、ベリンダの後ろに控える使用人達は、手に手に柄の長い農具や掃除道具を持っている。嫌な予感がした。

「物好きなことねぇ。嫌われ者のカラスをペットにするだなんて。ああでも、こうして見るととってもお似合いだわ。黒くて、汚らしくて、醜くて」

ベリンダが歪《いびつ》な笑みを浮かべてソフィとクーを見下ろす。ソフィはぎゅっと口を引き結び、反論したい気持ちをこらえた。

（クーちゃんは汚くなんかない。醜くなんか……！）

そう訴えたいけれど、ベリンダに言ったところで聞き入れられるはずがないことは、これまでの経験で嫌というほど思い知っている。

「それで？　いったい誰の許可を得て、我が伯爵家の敷地《しきち》内でペットを飼っているのかしら？」

「許可、は、頂いていません……」

予想していた質問だったが、どうしても歯切れは悪くなった。

「まあ！　許可もなく飼っていたというのね。そんなことが許されるとでも思っていたの？」

その時、ベリンダの敵意を感じ取ったらしいクーが、カァカァと威嚇するように大声で鳴き始めた。

「クーちゃん、お願い、静かにしていて、いい子だから」

ソフィが小声で宥《なだ》めるとクーはおとなしくなったが、その目は油断なくベリンダに向けられたままだ。

「……カラスの分際で生意気ね。飼い主に似てふてぶてしいこと」

「申し訳ありません……」

すぐに頭を下げたが、ベリンダは納得しなかった。

「あら、あなたの謝罪の気持ちはその程度なのね」

「……！」

ベリンダの言わんとすることを察したソフィは、わずかな躊躇いの後、その場に膝をついた。小石で膝や脛《すね》が痛むのも構わず、さらに両手と額を地面につける。

「……勝手なことをして申し訳ございませんでした、ベリンダ様。どうかお許しください」

ソフィを見下ろすベリンダの口元が、隠しきれない愉悦で歪む。

「……ふぅん。でもねぇ、そもそも謝って済む話ではないのよね。その程度で勝手を許したのでは他の使用人達に示しがつかないでしょう？　このことはお母様にも報告して、きちんと罰を与えてもらいますからね」

「……はい」

どうせこうなるのだろうと思っていた。土下座くらいで、ベリンダが満足するはずがないのだ。

（鞭打ちと……きっと食事も抜かれてしまう。クーちゃんのエサをどうやって手に入れよう……）

そんなソフィの思考は、続くベリンダの言葉で中断された。

「それから、きちんと始末もつけなくてはね」

「しまつ……？」

地に跪《ひざまず》いたまま顔を上げると、ベリンダが楽しそうに口の端を上げた。

「もちろん、そこの汚らしいカラスの始末よ。ほら、さっさと捕まえてちょうだい」

ベリンダの合図で、後ろに控えていた男性使用人達が、農具や掃除道具を手にいっせいに動き出した。クーは慌てた様子でバサバサと空中に逃れたが、そのまま飛び去ることなく近くの木の枝に留まり、「ガァガァ」と怒ったような声で鳴き始めた。そこに使用人達が向かっていく。

「やめてくだ……あっ！」

立ち上がろうとしたソフィだったが、お下げ髪を力任せに引っ張られて尻餅をついた。さらに侍女達に三人がかりで後ろから押さえつけられ、再び地面に膝をつく。両腕を後ろ手に捻《ひね》り上げられたソフィの口から呻《うめ》き声が漏れた。

それを見て、クーの鳴き声がますます激しさを増す。「ガァーッ！　ガァーッ！」

と唸るような声で鳴きながら辺りを飛び回り始めた。

クーを追い回す男達の靴が、ソフィの小さなハーブ園を踏み荒らしていく。青々と育ったミントの茂みが潰され、ようやく紫色の蕾《つぼみ》をつけたばかりのラベンダーの枝が無残に折れるのを、ソフィは呆然と見守ることしかできなかった。

「早くあのカラスをなんとかしなさい！　殺してもかまわないわ！」

ベリンダがクーを指差して金切り声を上げる。クーは激しく鳴きながらベリンダの頭を掠めるように飛んだ。

「こいつ！　おとなしくしろ！」

使用人の振り回した箒《ほうき》の先が頭部を掠め、ベリンダは「きゃっ」と短い悲鳴を上げてしゃがみ込んだ。別の使用人の持つ鋤《すき》がクーの翼を掠め、ソフィは青褪《ざ》めた。

「お願いです、もうやめてください！」

震える声で使用人達に訴えかけるが、ソフィの声に耳を貸す者はいない。ソフィは地面に這《は》いつくばったまま、顔だけを上げてクーを見上げた。

「クーちゃん！　クーちゃん、落ち着いて！　わたしは大丈夫だから」

ソフィの声が届いたのか、クーは鳴くのをやめて近くの枝に留まり、丸い目をソフィに向けた。ぎこちない笑顔で頷いて見せる。

「ごめんね、クーちゃん。もう、一緒にはいられないの。巣立ちの時がきたのよ。今すぐ行って。お願い、いい子だから……」

絞り出した声は掠れた。祈るような気持ちで見つめていると、やがてクーは悲しげに「クゥ」と一声鳴いてからバサリと翼を広げた。そのまま枝を飛び立ち、ソフィに背を向けて羽ばたき出した。

「二度と戻ってきては駄目よ」

涙をこらえ、だんだん小さくなっていく後ろ姿に呼びかける。

（クーちゃん、さようなら。どうか元気で……）

せめて姿が見えなくなるまで見送りたいという願いは叶わなかった。勢いよく頭を押さえつけられ、地面に鼻柱を打ち付ける。乱暴に髪の毛を掴まれ、顔を上げさせられたソフィの目の前に、ベリンダの白い顔があった。その額に、赤く血が滲《にじ》んでいる。

「……ソフィ。この責任は取ってもらうわよ」

痛みと衝撃に声を失うソフィの耳に、地を這うようなベリンダの声が届いた。

「正直に認めて謝りなさい！　わざとカラスをけしかけたのでしょう⁉」

「そんなことはしていません！　信じてくださ……ああっ」

伯爵夫人が振り下ろした鞭を背中に受け、ソフィは短い悲鳴をあげた。

裏庭での騒動の後、ソフィは水すら与えられずに丸一日地下室に閉じ込められた末に、伯爵夫妻の前に連行された。その場にはセオドアとゴードン、そして額に大仰な包帯を巻き付けたベリンダの姿もあった。

もう何度鞭で打たれたか分からない。あまりの痛みにぽろぽろと涙がこぼれるが、男性の使用人二人に左右から両腕をがっちりと捕まれ、逃げることはおろか倒れ込むことすら許されなかった。

その様子をベリンダは目を吊《つ》り上げて、伯爵とゴードンは無感動な表情で、セオドアは片手で口を覆いながら見つめている。

「お前の汚らしいカラスがベリンダを傷つけたのよ！　この子の美しい顔に傷跡が残ったら、いったいどうしてくれるの⁉」

伯爵夫人が声を荒らげ、さらに鞭を振るう。ベリンダの額の傷はごく軽微で、きちんと手当てをすれば傷跡など残るはずがない程度のものだ。しかしそんな説明は、怒り狂う夫人の耳には届かない。

「うぅっ……勝手にカラスを飼っていたことは謝ります。でも、ベリンダ様に傷をつけたのはクーちゃんでは……」

「嘘《うそ》おっしゃい！」

ソフィが言い終わらないうちに、ベリンダが鋭い声を上げた。

「あの場にいた使用人全員が証言してるのよ！　わたくしの顔に傷をつけたのはあんたのカラスだってね！」

「そ、そんなはずは……」

ソフィの声が震える。ベリンダの額を掠めたのはクーではなく使用人の筈。ソフィはそれをはっきりと見た。使用人達が口裏を合わせ、ソフィ一人に責任をなすりつけたのだ。そのことに思い至り、ソフィは言葉を失った。

「とんでもない子ね。素直に認めて謝るならまだしも、言い訳ばかり！　お母様、鞭をわたくしに」

伯爵夫人から鞭を受け取ったベリンダが、大きく腕を振り上げる。

「卑しくて！　醜くて！　その上嘘つきだなんて！　わたくしの顔に、どれだけの価値があると思っているの⁉」

「うぅっ……くっ……！」

「わたくしが妬ましかったのでしょう⁉　あんたはこんなにも醜いものね⁉」

「いっ……ひっ……！」

「それとも逆恨みかしら⁉　いいこと？　その火傷痕もね、もとはと言えばあんたが悪いのよ！　なのに逆恨みでわたくしの美しい顔に傷をつける⁉　ふざけないでちょうだい！　ほら、さっさと罪を認めなさいよ！　這いつくばって許しを請いなさいったら！」

「いたっ……うぅっ……あぁっ……！」

ベリンダが血走った目で、何度も、何度も鞭を打ち付ける。ついに木製の鞭は折れ、ソフィはがくりと床に崩れ落ちた。黒いメイド服の背は血で濡れている。

「もういい。これ以上は時間の無駄だ」

それまで静観を決め込んでいた伯爵が、苛立った様子で口を開いた。

「罰としてさらに三日ほど地下室に閉じ込めておけ。だがいずれにせよ、主人に怪我を負わせるような不届き者をこの屋敷に置くわけにはいかんな」

「もちろんですわ！　今すぐ憲兵に突き出しましょう！」

夫人の言葉に、伯爵は苦々しく眉根を寄せた。

「いや。こんな出来損ないでもクラプトン家の血を引いている以上、憲兵に突き出しては我が家の名に傷がつく」

「ではどうするの？　お父様」

「どうしたものかな。まったく、厄介なことをしでかしおって……」

忌々しそうにソフィを睨《にら》みつけ、伯爵がため息をついた。

「だったら僕がソフィを預かるよ」

皆の目がいっせいにセオドアに向いた。ソフィもまた、涙で濡れた目でセオドアを見上げる。

「お前が？　どうするつもりだ」

「王都の外れに僕名義で小さな屋敷を買ったんです。ちょっとした別邸としてね。そこにソフィを住まわせようかと」

伯爵家を出られるかもしれない。ソフィの心に小さな希望の火が灯《とも》る。しかし伯爵夫人がそれに待ったをかけた。

「お待ちなさい、セオドア。あなたは以前から妙にこの子に同情的だけれど……まさか、この子に別邸を与えて囲うつもりじゃないでしょうね？　許しませんよ、そんなことは」

「お母様のおっしゃるとおりよ！　こんな汚らわしい子に情けをかけるなんて！」

ベリンダが夫人に追随する。

「はは、まさか」

セオドアは取り繕うような笑みを浮かべ、ちろりと唇を舐《な》めて湿らせた。

「住まわせると言っても、もちろん使用人としてですよ。外を自由に出歩かせるつもりもない。ソフィのこの顔は目立ちますからね。僕がしっかり監視するし、僕が留守をする時は外からしっかり施錠します。逃げられないようにね」

セオドアの説明を聞くにつれ、ソフィの希望は急速に萎んでいった。

(待って……それではまるで囚人のような……)

確かにこの屋敷からは出られるかもしれない。けれど居場所が変わるだけで、ソフィに自由はない。

「ふむ、それも一つの方法か……」

伯爵が口髭を撫でつけながら思案する顔になる。夫人もそれ以上反対するつもりはないらしく、セオドアの提案どおりに決まりそうな雰囲気が漂い始めた。

(……わたしの望んだこととは違うけど、それでも鞭で打たれないだけ今よりはマシなのかもしれない。セオドア様はわたしにお優しいし……)

そう受け入れかけた次の瞬間、セオドアの表情を見たソフィは凍り付いた。

セオドアがふいに、小さな笑みを浮かべたのだ。それは先ほどまでの取り繕うような笑みとは違う。普段セオドアがソフィに見せる、気遣うような笑みとも違う。わずかに眉を寄せ、唇を歪ませ、そのくせ目はうっとりと蕩けている。心に秘めた愉悦が抑えきれずについ漏れ出てしまったというような、そんな笑み。

ソフィの背筋がゾクリと震える。

（なぜ、そんなふうに笑うの……？　セオドア様はお優しい？　本当に……？）

セオドアから視線を向けられるたびに感じていた、うまく言葉にできない居心地の悪さ。その正体はいまだどろりとして摑めない。だがソフィの本能が、セオドアの手を取ってはならないと警鐘を鳴らしていた。

だが伯爵は今にも、ソフィをセオドアに監視させる決定を下そうとしている。

「よし、それでは――」

「お待ちください、旦那様」

静かな声で割って入ったのは執事のゴードンだった。

「なんだ、ゴードン」

言葉を遮られた伯爵が訝《いぶか》しげな目をゴードンに向ける。セオドアもまた、忌々しそうに眉をひそめてゴードンを見た。

「別邸に年頃の娘を住まわせていると噂にでもなれば、この先、セオドア様の縁談にのですから」

差し障りが出るやもしれません。使用人扱いをすると言っても、外からは分からぬも

「そんな心配は――」

反論しかけたセオドアだったが、伯爵に視線で制され、悔しそうに口を噤んだ。

「それは一理ある。何か他に案があるのか、ゴードン」

「ございます。栄誉あるクラプトン伯爵家の名に傷をつけることなく、この娘を閉じ込め、さらに伯爵家に幾ばくかの収入がある、そんな預け先が」

「ほう、どこだそれは？」

伯爵が身を乗り出す。ゴードンは皆の顔を見回し、厳かに告げた。

「白薔薇宮です。この者には、最下級の下働きとして、カナル王国の王宮に行ってもらいましょう」

第二章

カナル王国は大陸西方の中程に位置する中堅国家である。古くからの交易路が東西を横断し、南側に面した海にいくつもの港を擁するこの国は、大陸西方における交易の中心地として栄えている。

周辺国のみならず遠い異国からも様々な物が集まるカナル王国。その王都の小高い丘の上に王宮はある。真っ白な外壁が遠目にも美しいその宮殿は「白薔薇宮」と呼ばれ、他国から訪れた者達を感嘆させる。

白薔薇宮の内部もまた、その異名にふさわしい美しさで溢《あふ》れている。建物は随所に曲線を用いた優美なデザイン。調度品は各国から集められた一流品で揃えられている。手入れされた庭園では季節を問わず美しい花々が咲き誇っている。中でも薔薇は、当代の王妃イザベルがこよなく愛する花として、盛んに栽培されていた。

ただし、眩《まばゆ》いばかりにきらびやかな設えも、王侯貴族が出入りする表側だけのこと。

使用人のみが利用する裏側に回れば、とたんに豪華な装飾は姿を消し、機能性のみを重視した灰色の空間が広がっている。

そんな使用人エリアの暗い廊下を、ソフィは床に這いつくばって磨いていた。季節は巡り、冬の訪れを迎えている。石造りの床は固く冷たく、ソフィの手足は氷のように冷えている。

ソフィが住み込みで王宮に勤めるようになって、間もなく六ヵ月になる。身分は最下級の下働き。下働きを束ねる使用人頭の命令に従い使用人エリアの掃除をするのが、ソフィに割り当てられた仕事である。

王宮では、クラプトン伯爵家にいた頃と違い、ソフィにも他の使用人と同じように寝起きする部屋が与えられている。一人部屋ではなく大部屋だが、それは皆同じこと。食堂に行けばきちんと食事をもらえるし、理不尽に鞭で打たれることもない。クラプトン伯爵家での生活と比べれば、はるかに恵まれた待遇だ。

けれど、ここでもソフィは孤独だった。醜い顔の火傷痕のせいか、それとも使用人頭から命じられているのか、ソフィと親しくしようとする同僚は誰もいない。避けられるのはまだいいほうで、掃除したばかりの場所をわざと汚されるという嫌がらせも日常茶飯事だった。

それに、王宮からの給料は全てクラプトン伯爵家に支払われるよう手続きがされていて、ソフィの手元にはわずかなお金すら入ってこない。どんなに働いても自立のための蓄えが全くできないというのは虚《むな》しかった。

ようやく廊下を端まで磨き終え、立ち上がって腰を伸ばす。

（せめてお給金が貰えたらな……）

そうであれば、この辛い境遇もいくらか報われるのにと思う。

「ソフィ、廊下が終わったら次は裏庭だよ！　終わるまで戻ってくるんじゃないよ、いいね⁉」

「はい……」

使用人頭の怒鳴り声に小さく答え、ソフィは休む間もなく次の仕事へと向かう。外《がい》套《とう》を羽織り、箒を手に裏庭に出ると、すでに日は傾きかけていた。

落ち葉を掃き集めながら、いつにも増して不機嫌だった使用人頭の顔を思い出す。彼女が憂さ晴らしにソフィに嫌がらせをするのはいつものことだ。たった一人で広大な裏庭の掃除をさせるのもその一つ。一日かけたって終わるはずもないのだが、途中で戻ればこっぴどく叱られた上に再び外に追い出され、使用人頭の許可が出るまでは戻れない。

たいてい遅くとも就寝時間までには中に入れてもらえるが、うっかり忘れられて朝まで外に出されていたことも何度かある。その時は気候の穏やかな季節だったからまだよかったが、冬場に屋外で夜を明かすのはさすがに辛すぎる。

（日が落ちる前にお許しが出るといいんだけど……）

しかしソフィの願いも虚しく、空高く星が輝く時分になっても使用人頭から声はかからなかった。故意かそれとも忘れられているのかソフィには知りようがないが、いずれにせよすでに辺りは真っ暗で、掃除などできる状況ではない。気温はさらに下がり、おまけに風も吹いてきた。寒さに耐えきれなくなり、叱られるのを覚悟で戻ろうとしたが、裏口の扉は中から施錠されてビクともしなかった。サッと血の気が引く。

「どなたかいらっしゃいませんか？」

近くに人の気配が感じられないのを承知で扉を叩いて呼びかけてみたが、応える者はいなかった。日暮れ前から裏庭にいるソフィの体はすでに冷え切っている。これからますます気温が下がることを思うと目の前が真っ暗になった。

せめて風を避けようと、ソフィは建物と低い庭木の隙間にうずくまった。フードを目深にかぶり、めいっぱい身を縮める。ヒューヒューと音を立てて吹き抜ける風は今にも雪が降り出しそうなほどに冷たく、最下級の下働きに支給された薄い外套で防ぐには限界があった。

ガタガタと震えながら、どのくらいの時間が経っただろう。

「ちょいとお前さん、生きてるかい？」

突然頭上から降ってきたしわがれ声に、ソフィはビクリと肩を震わせた。のろのろと顔を上げ、小さく息をのむ。宵闇の中、ギョロリとした目がソフィをじっと見下ろしていた。

ソフィに声をかけたのは、頭まですっぽりと黒いローブをかぶった老婆だった。

「立てるかい？　うん、よし。歩けるね？　このままここで凍死したいってんじゃなきゃ、ついて来な」

老婆は、凍えてうまく頭が回らないソフィの手を引いて立たせ、早口に言い渡すと、さっさと背を向けて歩き出した。その勢いに引きずられるように、ソフィは後に続いたのだった。

謎の老婆の背中を追って、冷え切った身体で王宮の敷地内を進む。老婆の足は、王宮の裏庭を横切り、さらに北の外れの方へと向かっている。やがて石畳の歩道は途切れ、舗装されていない細道にさしかかった。老婆は腰が曲がっているわりに、しっかりとした足取りで進んでいく。

その真っ黒な後ろ姿を追いながら、徐々に冷静さを取り戻したソフィは、同じ下働きの者たちの噂話を思い出していた。

この白薔薇宮には「魔女」が住んでいる。魔女は全身黒ずくめで、月の出ているうちにどこからともなく現れ、夜明けとともに姿を消すのだという。

気にはなりつつも、話し相手のいないソフィに、魔女の噂についてそれ以上詳しく知る術はなく、それらしい人物を見かけることもなかったのだが――。

（……このおばあさんが、噂の魔女？）

さらに歩くことしばし。森のように木立の生い茂る細道を抜け、辿り着いたのはぽっかり開けた場所だった。雲の切れ間から覗《のぞ》いた月明かりに照らされて、畑に囲まれた小さな一軒家の姿が浮かび上がる。

（王宮の中にこんな場所があったなんて……）

ぼんやりと辺りを見回していると、「何してんだい、こっちだよ」と老婆から声がかかった。腰の曲がった黒い背中を追い、家の裏手に回る。

「裏口を入ってすぐ右手が風呂場だ。ちょうどいい湯加減になってるはずだよ。まずはあったまりな。出たら声をかけておくれ」

ソフィが口を挟む間もなく立て続けに言うと、老婆はさっさと裏口から中に入ってしまった。

「は、はい……！」

数拍遅れで返事をしてから、ソフィもおずおずと後に続く。教えられたとおりに右手の扉から風呂場に入ると、お湯で満たされた小さな湯船からはほわほわと湯気が立ち上っていた。温かいお湯を肩から浴びると、冷えきった身体の強張りがじわりと緩む。ほっと息が漏れた。

コンコンと忙《せわ》しないノックが聞こえたかと思うと浴室の扉が拳一つぶん開き、ぬっと老婆の手だけが覗いた。

「石鹸《せっけん》だ。使いな」

投げて寄こされたものを慌てて両手で受け取ると、ほんのりと草色をしていた。

「外にタオルと着替えを置いておくよ。アタシの服じゃ合わないだろうが、まぁ辛抱するんだね」

「あ、ありがとうございます……！」

すぐに閉じられた扉に向かってお礼を言ったが、老婆はすでに立ち去ってしまったようで、返事はなかった。

石鹸は新品らしく、角はピシリと尖っている。くんと鼻を寄せると爽やかにミントが香った。

（いい香り……）

丁寧に泡立てるにつれ、ミントの香りが広がっていく。大きく息を吸い込むと、爽快感のある香りが鼻から肺にすうっと抜け、体の中に澱《よど》む鬱屈した気持ちまで吹き飛ばしてくれたようだった。

湯船で身体を温めてから風呂場を出て、老婆が準備しておいてくれた服に袖を通した。くたびれた黒のワンピースは、ソフィが着ると袖や裾は短く、そのくせ身頃はぶかぶかだったが、煎じたハーブのような匂いがして不思議と落ち着いた。

（おばあさんにちゃんとお礼を伝えなきゃ……）

そろそろと廊下を進んでいくと、少しだけ開いた扉の隙間から何やらゴロゴロと音が聞こえてくるのに気が付いた。そうっとその扉を押し開け、中を覗き込んで、ソフィは小さく息をのんだ。

南側の大きな窓から青白い月明かりが差し込む部屋。部屋中に満ちるのは様々なハーブの入り混じった匂い。そこはハーブに満ちた部屋だった。

窓際の壁に沿って置かれた台にはいくつものザルが並び、ハーブが広げられている。窓枠に張られたロープには、少量ずつ束ねられたハーブがピンチで留められている。

西側の壁一面に造り付けられた棚には、ラベル付きの瓶や缶が整然と並んでいる。ソフィの足は引き寄せられるように棚の前に向かった。

「わぁ……！」

上から下へ、左から右へ。瞬きも忘れ、棚にずらりと並ぶ大小様々な瓶や缶に視線を巡らせる。ラベルに書かれているのはどれもハーブやスパイス、果物の名前。小さめの瓶には乾燥させた葉、花、木の実。葉の形そのままのものもあれば、粉状になるまで細かく砕かれたものもある。中くらいの瓶には、液体に浸《つ》かった葉や花。大きい瓶はシロップ漬けだろうか、ほんのり色づいた液体の中にぷかぷかと果実や木の実が浮かんでいる。

両親と住んでいた家の台所にもいろいろなハーブやスパイスの瓶が常備されていたが、数も種類もその比ではない。聞いたことのない名前が書かれたラベルもいくつもあった。

「興味があるかい？」

背後から聞こえたしわがれ声に、ソフィははっと我に返った。振り返ると、部屋の中央に陣取る作業台で乳鉢をゴリゴリ言わせながら、老婆がひょいと片眉を上げた。

廊下の外まで聞こえていた音は、老婆の手元から生まれていたものらしい。

頭まですっぽりと覆っていた黒いローブは今はなく、老婆の皺《しわ》だらけの顔と灰色のひっつめ髪があらわになっている。その身にまとうワンピースは、やはり真っ黒だった。

ソフィは老婆に向き直り、深々と頭を下げた。

「あの、ソフィといいます。助けていただきありがとうございました。それから、お風呂と着替えも……」

「アタシはアルマだ。話は後にしよう。適当にそのへんに座っててくれるかい。ついでにこいつを終わらせてしまいたいんでね」

「は、はい」

（……適当に、と言われても）

老婆――アルマが座る椅子の他に、作業台の周囲に椅子はない。きょろきょろと部屋の中を見回すと、隅で物置台と化している小さなテーブルセットが目についた。

少し迷ってから、テーブルの上の乱雑な小物を寄せてスペースを作り、そこに丸椅子の上の本を移した。それから座面の隅にうっすら積もった埃《ほこり》を手で軽くはらい、作業台の近くに運んで腰掛ける。アルマは手を動かしながら片目だけでちらりとソフィを見たが、言葉を発することはなかった。

ソフィは、首を伸ばすようにして作業台の上を見渡した。大きな一枚板の作業台の上は、老婆の手の届く範囲を除き、たくさんの道具で埋め尽くされていた。ガラス製の大小のボウル、液体や粉の入った瓶や壺《つぼ》、秤《はかり》、アルコールランプ。ガラスの管で繋がった寸胴の器など、用途の分からない道具もある。

それらは乱雑に置かれているようでいて、アルマによってきちんと手入れがなされているらしい。先ほどのテーブルセットと違い、広い作業台の上にも道具にもまったく埃は積もっていない。磨かれて鈍い光を帯びる道具たちを見ていると、ドキドキと胸が高鳴った。

「……やれやれ、歳のせいかね。すぐ肩がこってやんなっちまうよ」

アルマが乳棒を動かしていた手を止め、眉を寄せて首を前後左右に捻った。

「あのっ、お手伝いさせてください。ご迷惑でなければ……」

思わず立ち上がってそう言うと、アルマは「お前さんが？」と目を眇めた。

「やったことはあるのかい？」

「小さい時に、母の手伝いで」

アルマはさらにじっとソフィの顔を見つめてから、小さく頷いた。

「それじゃお願いしようかね。こっちへおいで」

言いながら立ち上がり、ソフィに場所を譲る。ソフィは鼓動が速くなるのを感じながら作業台の前に立った。白い乳鉢の中には、茶色い木のかけらのような物が入っている。

アルマの視線が注がれているのを感じながら、左手で乳鉢を押さえ、右手に握った乳棒で茶色いかけらに力を込めた。かけらが潰れると同時にふわりと立ちのぼったのは、幼い頃に母が作ってくれたアップルパイを思い出させる匂い。

「シナモン……ですよね。粉になるまで細かくすればいいですか？」

「ああ、そうしておくれ」

「分かりました」

乳棒でシナモンのかけらを押したり、ぐるぐると弧を描いたり。久しぶりの作業にはじめのうちは少し戸惑ったが、しばらくやっているうちにコツが摑めてきた。

「……ふぅん。なかなか筋がいいじゃないか」

アルマが独り言のように呟く。

「ここはお前さんに任せて、アタシはお茶でも淹れるとするよ。苦手な薬草はあるかい？」

「薬草……」

「ハーブと言った方が馴染みがあるかね」

ああ、とソフィは頷く。

「知らないハーブは分かりませんが……知ってるのはみんな好きです」

「いい答えだ」

アルマはにやりと口の端を上げると、ハーブの並ぶ棚へと向かう。ソフィは再び手元に意識を戻した。

（お母さんがお料理に使ってたシナモンの粉、とってもさらさらしてた……）

遠い記憶にある細かい粉の様子を思い浮かべながら、一心にシナモンを砕いていく。

それから一言も発することなく作業を続け、全てのかけらが細かな粉に変わった時には、ここ数年感じたことのない達成感で思わず笑みがこぼれた。

「できたかい？　どれ……」

アルマが乳鉢の中をあらためるのを、ソフィは緊張しながら見守った。

「うん、上出来だ。おかげで楽をさせてもらったよ。ありがとうね」

アルマの言葉にほっと安堵の息をつき、次いで心がじわりと温かくなった。

（いつぶりだろう、ありがとうなんて言われたの……）

クラプトン伯爵家にいた時は、どんなに丁寧に仕事をしても言葉をかけられることなどなかった。ソフィのすることなど無価値だと言わんばかりに。王宮に来てからも、他の使用人達から遠巻きにされていた。使用人頭から叱られたのを除けば、これほど人と話すのも初めてのことだ。

「さて、それじゃお茶にしようかね。もうじき飲み頃だよ」

アルマは慣れた手つきで作業台の上にスペースを作ると、透明なガラスのティーポットと、ティーカップを二つ並べた。わずかに湯気が漏れるティーポットの中では、細かく刻まれたドライハーブがふわふわと舞っている。

「お前さん、よく一人で裏庭の掃除をさせられてるだろ。前にも夜更けに見かけて気になってたんだ」

「えっと……」

「ああ、理由は言わなくても察しがつくよ。使用人頭の命令だろ？　あの子はどうも性根が拗《ねじ》くれてていけないね。アタシも他人の仕事に口を出す気はなかったんだが、この寒さじゃさすがに見過ごせなくてね」

「はい、本当に助かりました」

「だけどお前さんも言いなりになってちゃいけないよ。素直さも行きすぎると愚鈍と区別がつかないってもんだ」

「は、はい……」

「と言っても、新人が上の者に逆らうのは簡単じゃないか……」

アルマはふっと小さなため息をこぼすと、「そろそろよさそうだね」とティーポットを傾けた。湯気とともに注がれたのは、薄い黄金色の液体。

「熱いよ、気をつけな」

「はい、いただきます」

目の前に置かれたティーカップを手に取り、鼻で深く息を吸い込んだ。果物を思わせる甘酸っぱい香りに、ほっと肩の力が抜ける。ふぅふぅと息を吹きかけ、熱いお茶をちびちびと啜ると、じんわりと身体が温かくなった。

「どうだい？」

「ほんのり甘くて美味《おい》しいです。それに、心が穏やかになるような……。カモミールが入っているからでしょうか」

そう言うと、ソフィをじっと見つめるアルマの目がきらりと光った。

「ほぅ。カモミールの他に何が入ってるか分かるかい？」

「えっと……レモンのような香りは、レモンバーベナですよね？　もう一つ、何か甘い香りが……」

ソフィは改めてお茶を口に含み、じっくりとその香りと味を確かめる。

「この白ぶどうみたいな香り、確か子どもの時にお庭で……あ、リンデンのお花、でしょうか？」

小さく首を傾げてアルマの顔をうかがうと、老婆は皺だらけの顔いっぱいに笑みを浮かべた。

「大当たり！　お前さん、ソフィといったね。なかなかやるじゃないか。ハーブが好きかい？」

「母が好きだったんです。それで、わたしも自然に……」

ソフィが答えると、アルマはすっと笑みを引っ込めた。

「そうかい。もしかしてソフィの母さんは……」

「亡くなりました。わたしが七つの時に」

アルマは無言で目をつむり、静かに息を吐き出した。

「……そうじゃないかと思ったよ。母親が健在なら、年頃の娘に化粧くらい教えただろうからね……。お前さんの顔のそれは火傷痕だね。近くで見ても構わないかい？」

「いえ、その……醜いので……」

ソフィはアルマの視線から逃れるように、顔を左下にうつむけた。この顔をまじまじと見られたくはない。これまで散々、嫌な思いをしてきたのだ。だがソフィは、続くアルマの言葉に再び顔を上げた。

「こう見えてもアタシは薬師でね」

「……薬師」

「そう。この王宮の人たちのために薬を調合するのがアタシの仕事なんだ。だもんで、怪我や病気の人間を見ると気になっちまってね。お前さんをここまで連れてきたのも、まぁ、凍えかけてて放っておけなかったってのもあるけど、一番はその火傷痕が気になったからさ」

「そうだったんですね……」

薬師と聞いて、部屋いっぱいのハーブや道具の数々に合点がいく。同時に、顔の火傷痕を見られることへの抵抗感は消えた。

「どれ、見せてごらん」

アルマはソフィの目の前に椅子を移動させると、目を眇め、角度を変えながらじっくりソフィの顔を検分し始めた。

「……ふぅん、引き攣《つ》れやケロイドはないようだけど、赤みがかなり強いね。痛みはあるかい？」

「時々ですが」

「火傷の原因は何だい？」

「……原因」

ソフィは言葉に詰まった。喉の奥がきゅっと締まるような息苦しさを覚える。

「熱湯とか、高温の油とか」

「あ、それなら……熱い紅茶です」

「なるほどね。火傷は直後の手当てが肝心なんだが、処置が不適切だったのかもしれないね……。火傷を負ってすぐ、どんな手当てを受けたんだい？」

ソフィは再び言葉に詰まり、視線を落とす。

「……分かりません。色々されたのだとは思うのですけど……」

「ん？　覚えてないって意味かい？　年は幾つだったんだい？」

「八つ……いえ、九つの時です」

「九つなら、いくらか覚えてそうなもんだけどね。お前さん、なかなか聡《さと》そうな子だし」

「すみません……」

膝の上で小刻みに震える手を、ぎゅっと握りしめる。

本当は、覚えていないわけではない。むしろ、その時のことは忘れたくても忘れられないほど強烈に、ソフィの脳裏に刻み込まれている。けれど、それをアルマに説明することはできなかった。

アルマはソフィの顔をじっと見つめ、ふむと片方の眉を上げた。

「何か事情がありそうだね……。ま、無理に言う必要はないさ」

そんなことより、と、アルマはソフィにずいっと顔を寄せた。

「お前さん、アタシの実験台になる気はないかい？」

ギョロリと大きな目に覗き込まれ、ソフィはわずかに仰《の》け反《ぞ》る。

「……実験台、ですか？」

「そう。お前さんのその顔の火傷痕を、アタシの薬で消せるかどうか」

「……！　消せるんですか⁉」

ソフィは目を見開き、身を乗り出した。思いがけない提案に、胸がドキドキと高鳴る。だがアルマは冷静な表情で首を横に振った。

「いや、正直なことを言うと可能性は低いだろうね。ツァウバルの魔法使いならいざしらず、アタシはただの薬師だからね」

「そう、ですか……」

膨らんだ希望が一気に萎む。ソフィは意気消沈しつつ、気にかかっていたことを聞いてみることにした。

「あの、アルマさんは魔女……魔法使いではないのですか？」

そう問うと、アルマは声を出して笑った。

「ああ、いつも黒い服を着ているせいか、そんなふうに呼ぶ者もいるらしいね。黒は魔法使いの正装だからね。だけど、アタシが黒を着るのはそういう理由じゃないよ。魔法使いか……なれるもんならなりたかったけどね」

最後は独り言のように呟き、アルマは遠い目をした。

「あの、可能性が低いなら、どうして……」

「実験なんかするのかって？　若い時からの性分でね、難しいと分かってることほど挑みたくなるんだよ。それとまぁ、暇つぶしさ。あの世からお迎えが来るまでのね」

「えっと……」

なおも戸惑いを隠せないソフィに、アルマがニヤリと口の端を上げた。

「実験台というのはちょっと言い方が悪かったね。要は弟子だよ。薬草の世話も薬の調合も、一人じゃきつくなってきたからね、お前さんが手伝ってくれると助かるんだが……」

「やりたいです！」

目を輝かせ、勢い込んで答える。クラプトン伯爵家にいた頃、ほとんど唯一の慰めになっていたハーブの世話やお茶。王宮に来てからはハーブに触れる機会すらなくなっていたけれど、仕事としてハーブのことに携われたらどんなにいいだろう。

けれどそう考えた直後、ソフィはしょんぼりと眉を下げた。

「……あ、でも、今の仕事と掛け持ちは難しいかと……」

するとアルマは不思議そうに首を傾げた。

「そりゃそうだろうさ。もちろん配置換えをしてもらうんだよ」

「認められるでしょうか……」

ソフィはますます眉を下げる。下働きの配置は使用人頭が決める。彼女がソフィの希望をすんなり通してくれるとは思えない。そもそも、罰として王宮に行かされたことを思えば、ソフィには永久に最下級の仕事をさせるようにと、伯爵家から話が通っている可能性が高い。

ところがアルマは、「認めさせるさ」と、こともなげに言った。

「アタシはこれでも王宮では古株でね。ちょっとした権力……と言ったら言い過ぎだけど、少しくらいの我儘《わがまま》は通せる立場なのさ」

「え？」

ソフィは目を瞬く。

「ま、アタシに任せときな」

にいっと笑い、アルマが告げる。ソフィの運命が静かに動き出した瞬間だった。


そうと決まってからのアルマの行動は素早かった。翌朝一番に使用人頭のもとに赴くと、ソフィの仕事を掃除係から宮廷薬師の弟子へ変更する確約を取り付けてきた。

寝起きする部屋も、それまでの使用人宿舎から、アルマの作業場兼住居の二階に移ることになった。

「長いこと物置にしてたもんで埃っぽいけど、好きなように使ってくれてかまわないよ。必要な物があれば言っとくれ」

「ありがとうございます。ベッドとチェストがあれば充分です」

ソフィの新しい住処《すみか》は小さな屋根裏部屋で、南向きの窓から庭のリンデンの木が間近に見える。

（そういえば、お母さんやお父さんと住んでた家の子ども部屋からも、リンデンの木が見えてたな……）

　母と一緒にリンデンの花や葉を集めたことを懐かしく思い出す。葉は可愛らしいハートの形をしていて、花の季節になると家の中まで甘い香りが漂っていたものだ。

　不要な荷物を端に寄せ、埃を払い、床を水拭きする。丸一日かけて、埃まみれにならずに暮らせる程度に部屋を整えた。そうして、薬師アルマの弟子としての生活が始まった。

　アルマの朝は早い。

「薬草はね、日の出の直前——夜と朝との狭間《はざま》に収穫したものが一番薬効が高いんだ」

　そう言ってまだ薄暗い中、笊《ざる》を手に、家の周囲に広がる薬草園に繰り出していく。

　一通りの収穫を終えると、朝食をとる間もなく、大きな籠にあれやこれやと薬草入りの遮光瓶や化粧瓶を詰めて家を出る。向かう先は白薔薇宮の中心、王族が住まう場所だ。

　驚いたことにアルマは、王妃イザベルの専属薬師を務めているのだという。ソフィを弟子に引き抜くのにその肩書きが大いに役立ったと、アルマは楽しげに語った。

「別にアタシじゃなくても、王宮には他に有能な薬師が何人もいるんだけどね。……

イザベル様がご結婚から十年近く御子を授からなかった話は、お前さんも耳にしたことがあるだろう？　イザベル様のご懐妊は別にアタシの手柄ってわけじゃないんだが、ようやく御子を授かったのはアタシの薬草のおかげだと、あの方はおっしゃってね──。そろそろ隠居して森で暮らしたいと言うアタシを引き留めて、この家と仕事を与えてくださった。アタシに身寄りがないもんだから、案じてくださってるのさ。義理堅い御方だよ」

毎日、イザベル王妃の起床直後と就寝前に私室に参上し、その日の体調に合わせた薬や薬草茶を処方するのが、アルマの主な仕事なのだそうだ。「月の出ているうちに現れ、夜明けとともに姿を消す」という「魔女」の噂は、どうやらこのアルマの日課が少し歪んで伝わったものらしい。

「別に、昼の間は家に引き籠ってるってわけじゃないんだけどね。まぁでも、朝と晩にイザベル様のところに行く以外は、この家で気ままに過ごしてることが多いのは事実さね」

その言葉のとおり、アルマは一日のほとんどを、この作業場兼住居とその周辺で過ごしていた。ただし「気まま」というのは謙遜で、常に何かしらの作業をしている。その全てに、ソフィは付いて回った。

　朝食を終えたら、まずは薬草園の手入れ。水をやり、雑草を引き抜き、肥料を与え、間引く。アルマの手つきはいつだって丁寧だった。

「植物ってのは、人間や動物と違って自分で動くことができないだろ？　冷たい嵐に見舞われようと、灼熱《しゃくねつ》の太陽に焼かれようと、はたまた虫に群がられようと、芽の出た場所で耐えるしかない。だから生き残るために特別な力を身に付けるようになったんだよ。アタシ達薬師はそんな植物の力を利用させてもらってるってわけさ」

　昼食を挟んで午後は、収穫した薬草の加工。あるものは採れたてを使い、あるものは窓辺に吊るしたり笊に広げて乾燥させる。乾燥した薬草は、用途に応じてそのまま保管するものもあれば、鋏《はさみ》で小さく刻むもの、すり潰して粉状にするものもある。

　アルマは口調こそぶっきらぼうだが、ソフィへの教え方は丁寧だった。まずは自ら実演して見せ、続いて、真似《まね》をするソフィの手元をじっと見守る。「うん」とアルマが頷くたびに、ソフィの心は小さく浮き立った。

　ソフィにとって特に物珍しく、心を惹《ひ》かれたのは、加工した薬草を用いての薬作りだった。

「薬草が持ってる特別な力を取り出す方法は、いくつかあってね。抽出方法によって取り出せる薬効が違ってくる。これは火にかけて煮出すやり方。できた煎剤は湿布にしたり薬草風呂にしたり、いろんな使い道があるよ」

火にかけた鍋をゆっくりとかき混ぜながら、アルマが言う。大きな鍋の中では、茶色と草色を合わせたような色の液体が、ふつふつと煮立っている。なんとも言えない色と匂いのもとは、数種類の薬草の根や実から滲み出《で》た汁だ。

「水や湯で薬効を抽出する方法で、もっと手軽なやり方もあるんだけど、分かるかい？」

「……ハーブティー、ですか？」

アルマの言葉を一つも聞き漏らすまいとメモを取っていた手を止めて、ソフィは小さく首を傾げる。

「そう、薬草茶。浸出液と呼ぶこともあるよ。薬草茶に使う薬草は、生より乾燥させたものの方が薬効が高いから覚えておきな」

鍋で煮出す以外にも、アルマは色々な方法で薬を作った。薬草をアルコールに浸けて作るチンキ。植物油に浸けて薬効を抽出する浸出油。浸出油とミツロウとで作る軟《なん》膏《こう》。酢やハチミツに浸けたものも、健康維持に役立つのだという。

そんな説明を聞いているうちにふと、子どもの頃の記憶が甦《よみがえ》った。

「……そういえば子どもの頃、風邪をひくと決まって、母がお花の香りのする甘いジユースを作ってくれたんです。あれはもしかしたら……」

「エルダーフラワーのハチミツ漬けかもしれないね。あの薬草は風邪によく効くから。作り置きがあるから、今度飲ませてあげるよ」

それから、蒸留器で時間をかけて取り出す精油。同時に採れる香り高い蒸留水は、化粧水として使えるのだという。

「イザベル様は薔薇がたいそうお好きでね。化粧水にもローズの蒸留水を愛用なさってておいでなんだ。ローズの香りには女性の体調を整える力があるんだけど、それだけじゃなくて、恐れを和らげ、気持ちを高揚させてくれるんだ。王の妃ってのは、そりゃあ気の張る仕事だろうからね」

芳香蒸留水を使った化粧水に、チンキや浸出油、精油を使った保湿クリーム。イザベル王妃のための化粧品を作ることもまた、アルマの重要な仕事の一つだった。毎日、薔薇の香りの化粧品を作り、新鮮な化粧品を王妃に届けるのだ。

自然と、化粧品作りの手伝いをするのが、ソフィの仕事の中心になった。ただし、アルマが王妃のもとに参上するのにソフィが同行することはない。

アルマが留守の間、ソフィは自ら進んで家事仕事を担うようになった。朝は食事の準備や洗濯、夜は家の中の掃除。アルマは、薬草周りのこと以外にはあまり頓着しない性格らしい。家の中の片付けも料理も、ソフィの方から意見を求めない限り口を挟むことはなく、ソフィのやり方に任せてくれた。

作業場の隅で物置台と化していたテーブルの上を綺麗に片付け、そこに朝食を並べた時には、「お前さんのおかげで、何年かぶりにこいつをちゃんとテーブルとして使ってやれるよ」と喜んだ。普段は、作業台の端に作った皿一枚分のスペースを、ダイニングテーブル代わりにしていたのだという。

「うん。人に作ってもらう料理は格別だね」

ソフィの拙い料理を、アルマは目を細めて頬張る。誰かと食卓を囲むことはソフィにとって久しぶりのことで、それはアルマにとっても同じようだった。

もちろん、「実験台」としての役目も忘れてはいない。ソフィはアルマから火傷痕の治療を受けることになった。

「火傷に効果のある薬草はいくつかあるんだが……まずは刺激の少ないカレンデュラから試してみようかね」

もしかしたらこの火傷痕が消えるかもしれない。可能性は低いとアルマに言われていても、ソフィの胸は期待に高鳴るのだった。

作業場の隅に持ち込んだロッキングチェアーに、深く背中を預けて腰掛ける。煎剤の染み込んだガーゼを顔の左半分に載せ、両目を閉じてじっと待つこと十分。アルマが丁寧な手つきでガーゼを取り去る。それから火傷痕を見たり触れたりしながら検分する。

「……変化はないようだね」

抑揚のない声が耳に届く。それを合図にソフィはゆっくりと目を開き、詰めていた息をそっと吐き出した。

「これも効果なし、か……。今晩からは別の調合を試してみよう。次はハイペリカムの配合を増やしてみようかね」

アルマは独り言のようにぶつぶつと口に出しながら、ノートにあれこれと書きつけている。その横で、ソフィは静かに上体を起こし、けれど顔を上げられないままでいた。

ソフィがアルマの弟子になり、早くも一ヵ月が過ぎた。この間、朝晩の湿布と軟膏に加え、傷を治す効果のある薬草茶を飲むなど、火傷痕を治すためのあれこれを続けてきた。

湿布や軟膏に使う薬草は数日続けて同じ調合のものを試し、効果が感じられなければ別のものに変えた。いずれも、カレンデュラ、エキナセア、ラベンダー、ハイペリカムなど、火傷の治療に効果があるとされる薬草を中心とした調合だ。

けれどいまだに、ソフィの火傷痕には何の変化も見られない。左の頬から額にかけて、まるで炎が燃え上がるかのように赤く、くっきりと刻まれたままだ。

「肌の調子を整えたり白くしてくれる薬草を加えるのもいいかもしれないね……。カモミール、ローズ、ローズマリー。ローズヒップはお茶にしようか。ソフィ、お前さん、酸っぱいのは平気だったね？　……ソフィ？」

名前を呼ばれていることにようやく気付き、ソフィははっと顔を上げた。こちらをじっと見つめるアルマと目が合う。その視線から逃れるようにソフィは再び視線を落とした。

「すみません……。……えっと、酸っぱいのは、はい、大丈夫です、けど……」

言いながら、ソフィの眉はどんどん下がっていく。

（続ける意味はあるのでしょうか……）

その言葉はかろうじて飲み込んだ。期待しては裏切られる。その繰り返しは、ソフィの心に暗い影を落としていた。

アルマは俯くソフィをなおも無言で見つめてから、鼻で大きく息を吐き出した。

「ソフィ。いつもよりちょいと早いが、お茶の時間にしよう」

「……はい」

のろのろと立ち上がり、お湯を沸かすために炊事場に向かおうとしたソフィを、アルマが止めた。

「アタシが淹れるよ。お前さんはカップを準備しておいてくれるかい？」

作業場の隅のテーブルにガラス製のティーカップとソーサーを二セット並べてから、ソフィは椅子に腰掛けた。窓の外に目を向けると、庭のリンデンの枝にうっすらと雪が積もっている。それが太陽の光を浴びてきらきらと輝くのを、ソフィは見るともなしに眺めた。

（やっぱり、どうにもならないのかな……）

火傷痕を覆い隠すように、左手を顔の左半分に当てる。

クラプトン伯爵家を出て以来、まともな食事をとれるようになった。

アルマの助手になってからは治療も受けている。伯爵家にいた頃と比べれば明らかに血色は良くなっているし、肌にも艶が出てきたように感じられる。それなのに、顔の火傷痕には少しの変化も見られない。

（わたし、ずっとこのまま生きていかなければならないの……？）

九歳の時に負った火傷痕。それを受け入れることは、あれから七年経った今も到底できることではなかった。

「待たせたね」

なみなみとお湯の注がれたティーポットと、ティースプーンの入った小さな壺を手に、アルマがやってきた。アルマはテーブルの端に手をかけ、どっこらしょ、という声と共にソフィの向かいに腰掛ける。

テーブルの中央に置かれたティーポットのお湯は、薄青色に染まっている。その色が次第に濃くなっていくのを、ソフィは無言で見守った。

やがて、「うん、いい頃合いだ」と、アルマが二つのティーカップにお茶を注ぐ。その色ははっとするほど鮮やかな青紫色をしていた。

「綺麗な色……。なんの薬草ですか？」

アルマはソフィの質問には答えず、悪戯《いたずら》っぽい笑みを浮かべて小さな壺を示した。

「シロップだよ。このお茶はあまり味がないからね、シロップを入れた方が美味しく飲めるんだ。試してごらん」

アルマから薬草茶に蜂蜜やシロップを入れるよう勧められたのは初めてのことだっ

た。意外に思いつつも、ソフィは素直に従う。壺の中のシロップをスプーンに半分ほど掬い、カップに入れてぐるりと混ぜる。次の瞬間、ソフィは「あっ」と声を上げた。ソフィの目の前で、青紫色のお茶が一瞬にして淡いピンク色に変わったのだ。

「すごい！　これって……？」

目を輝かせてアルマを見ると、アルマは悪戯が成功した子どものようにニヤリと笑った。

「これはウスベニアオイのお茶だよ。で、こっちは蜂蜜にレモンを漬け込んで作ったシロップ。ウスベニアオイにレモン汁を垂らすと色が変わるんだ。どれ。もう一度やって見せようかね」

言いながら、アルマは自分のティーカップにシロップを入れて混ぜて見せた。青紫色が鮮やかにピンク色に変化するのを、ソフィは瞬きも忘れて見守った。

「綺麗……」

ほうと漏れるため息。自然と口角が上がる。アルマが目を細めた。

「だろう？　まるで魔法みたいだとよく言われるよ。さぁ、飲もう。ウスベニアオイのお茶は見た目が楽しいだけじゃない。肌にもいいからね」

アルマにならい、ちびちびとティーカップに口をつける。可愛らしいピンク色と、レモンシロップのほのかな甘さに、冷たく凍りかけていた心がじわりとゆるんだ。カップをソーサーに戻し、ソフィは小さく息をついた。ほぼ同時にカップを置いたアルマが、ふいに表情をあらためた。

「……ソフィ、お前さんのその火傷痕のことだがね」

ソフィは無意識に背筋を伸ばし、アルマの次の言葉を待つ。

「お前さんには悪いことをしたと思ってる。実験台だなんて言って、無駄に期待を持たせちまった。お前さんはまだ若いし、完全に消すのは無理だとしても、いくらか薄くなればと思ったんだがね……」

神の前で懺悔《ざんげ》するかのように静かに紡がれる言葉に、ソフィは黙って耳を傾け続ける。

「こんなに変化がないとは思わなかったんだ。言い訳のように聞こえるだろうけどね、湿布や軟膏にまるっきり効き目がないわけじゃないはずなんだよ。その証拠に、お前さんの肌ははじめの頃より確実に柔らかくなってるし、潤いも感じられる。それなのにどういうわけか、火傷痕には全くと言っていいほど改善が見られない。火傷を負ってから月日が経ってるせいなのか、それとも何か他に理由があるのか……」

考え込むようにしばらく沈黙してから、アルマは「魔法使い……」と呟いた。はっと、ソフィの息がほんの一瞬止まる。

「ツァウバルの魔法使いならきっと、ソフィのその火傷痕も、綺麗に消せちまうんだろうけどね……。お前さん、本物の魔法使いに会ったことがあるかい？」

「え……と……」

ソフィは思わず口ごもった。初めにぼんやりと脳裏に浮かんだのは、星の光を集めたような銀色と、ラベンダーのような紫色。けれど次の瞬間、その姿は灰色のマントで覆い隠されるようにして消えてしまった。ドクドクと嫌な音を立てる鼓動を宥めるように胸に手を当てる。

幸いなことにアルマはそんなソフィの変化には気付かず、言葉に詰まったのを単に否定の意味に受け取ったようだった。

「いや、なくて当然さ。魔法使いは基本的に、ツァウバル王国にしかいない。そして彼ら彼女らは、自分の国からあまり出たがらないからね。……だけどアタシは会ったことがあるんだよ、本物の魔法使いに」

「それは……」

「アタシがまだ若い時の話さ。ツァウバル王国は魔法使いの国として有名だけど、実は世界で最も薬草学が進んだ国でもあってね。ツァウバルの魔法使い達は幼い頃から自分の薬草園を管理して、ごく当たり前のように薬草を研究し、使いこなしてる。ツァウバルの魔法使い達が作る薬はね、アタシらのような普通の薬師が作る薬の何倍も効き目があるんだよ」

アルマの話に耳を傾けるうち、ソフィはその内容に引き込まれていった。いつの間にか嫌な動悸《どうき》も収まっている。

「それだけじゃない。ツァウバルの魔法使いだけに伝わる秘薬ってのがあってね」

「魔法使いの秘薬、ですか？」

「そう、奇跡のような特別な力を持った薬さ。例えば若返りの薬、仮死状態にする薬、嘘がつけなくなる薬、惚《ほ》れ薬……。それから、万病を癒《いや》す薬。アタシはそんな秘薬の作り方をどうしても知りたくてね……。伝手もないのに一人でツァウバルに乗り込んだのさ」

「それで、どうなったんですか……？」

「異国人の弟子は取らないと断られたんだけど、諦めきれなくてね……。一年間、毎日通いつめたら相手が根負けして、小間使いとしてそばに置いてくださることになった。銀の髪に紫の目をした、それは美しい御方だったよ」

ソフィは目を見開いた。

「あの、ツァウバル王国の王弟殿下も、銀の髪に紫の瞳で……」

ソフィがおずおずとそう口にすると、アルマは驚いた様子で小さく目を瞠《みは》った。

「おや、よく知ってるね。王弟ジークベルト殿下。今の塔主――魔法研究所の所長を務めていらっしゃるそうだね。アタシはお目にかかったことはないけど、銀の髪と紫の瞳は、ツァウバルの王族の特徴だからね」

「えっ、ではもしかして、アルマさんのお師匠様も……？」

そう尋ねると、アルマは小さく苦笑いを浮かべた。

「ただの小間使いがあの御方をお師匠様だなんて、おこがましくて呼べやしないよ。でも、そう、あの方はツァウバルの王族……先々代の国王陛下の妹姫でいらっしゃった。ジークベルト殿下の大叔母にあたる御方でね、先代の塔主を務めておられた。……およそ一年、あの方のおそばで多くのことを学ばせていただいたよ。得がたい経験だった。結局、秘薬を作ることはアタシにはできなかったけどね」

「アルマさんにも作れないなんて……」

「魔法使いの秘薬は、ただ人《びと》には作れないんだ。魔法使いでなければね。そしてアタシは魔法使いにはなれない。魔法使いの素質の有り無しは生まれながらに決まってる。そう、血筋でね。アタシはそれを、一年かけて理解したってわけだ」

アルマの目は、ティーカップの水面に向けられている。その瞳には悲しみの色が宿っているように、ソフィには見えた。けれどウスベニアオイのお茶を飲み干し、再び顔を上げた時には、アルマはもういつものアルマだった。

「そういうわけで、お前さんの火傷痕を魔法で治しちまうことは、残念ながらアタシにはできない。だが薬師として、できる限りのことをしたいと思ってるよ。簡単に諦めるってのは性に合わないもんでね。もちろん、お前さんが辛くないなら、だけど……」

希望と失望を繰り返すってのはこたえるもんだからね、とアルマが付け足す。

(辛くないと言ったら、嘘になる。だけど……)

ソフィは顔を上げ、まっすぐにアルマの目を見た。

「わたしも、諦めたくありません。魔法使いの助けを待つんじゃなくて、自分の力でこの火傷痕に立ち向かいたい……。そのために、わたしにもっと薬草のことを教えてください。お願いします！」

ソフィは椅子から立ち上がり、がばと頭を下げる。

「よく言った、ソフィ」

その言葉に顔を上げると、アルマが楽しげな笑みを浮かべていた。

「お前さんならそう言うだろうと思っていたよ。厳しく仕込むからね、覚悟するんだよ」

その日から、ソフィの毎日に勉強の時間が加わった。

「薬草について学ぶならこれが一番だ」

アルマがそう言って、分厚い本をソフィの前に積み上げた。

いかにも実用書といった風情の飾り気のない、けれども丁寧な装丁が施された本。ところどころにシミや擦り傷のある革張りの表紙は、飴色《あめいろ》の鈍い輝きを帯び、持ち主によって大切に使い込まれたものであることが見て取れる。

全五巻からなるこの薬草辞典には、約六百種類もの植物が効用別に分類され記載されている。百年ほど前に書かれた本だが、いまだにこれを上回る書物はないのだという。

「ただ、これはアタシがツァウバル王国から持ち帰った本でね。ツァウバル語で書かれているんだが……お前さん、ツァウバル語の勉強なんてしていないだろ？」

そう言ったアルマは、「辞書を貸していただければ読めると思います」というソフィの答えに目を丸くした。

ツァウバル語はカナル語と言語体系が異なるため、習得は決して容易とは言えない。

いのだという。

貴族のご令嬢でも、教養としてツァウバル語の読み書きを修めている者はそう多くな
（まさか、ゴードンさんの課題がこんなところで役に立つなんて……）

実は、ソフィがゴードンから罰のように課されていた様々な勉強。その一つにツァウバル語の読み書きも含まれていたのだ。

『クラプトン伯爵家は、古くから交易を生業としてきた家。あなたのお父上、モーリス様は、十五歳の頃には五ヵ国語を修めておられました』

ゴードンはソフィの父親がいかに優秀であったかを口癖のように語り、同じ能力をソフィに求めたのだ。クラプトン伯爵家にいた頃、ソフィはゴードンから与えられる課題に苦痛を感じるばかりだった。けれど、ゴードンからの課題がなければ、ソフィは祖母が亡くなった八歳を最後に、何一つ学ぶ機会を得られないまま十六歳になっていたことだろう。

（それに、もしかして、あの時もわたしを助けてくれた……？）

ソフィが白薔薇宮で働くことになったのは、ゴードンの提案によるものだ。ソフィに対し常に冷たい眼差しと物言いだったゴードンの真意は分からない。だがあの時のゴードンの進言がなければ、今頃ソフィはセオドアの別邸に閉じ込められていただろ

う。こうしてアルマの弟子になることもちろんできなかった。

ソフィは辞書を傍らに置いて本を読み進めていった。

余白を埋めるように書き込まれたアルマのメモも理解を助けてくれた。それでも分からないことは、アルマに尋ねれば嫌な顔一つせずに答えてくれる。これまでアルマのそばで見聞きし、バラバラに蓄えられていた知識が、ソフィの中で体系的に整理されていった。

そうやって本から学ぶのと並行して、薬作りの実践も、これまで以上に行うようになった。

「ソフィ、これからは湿布と軟膏に加えて、朝晩に化粧水を使うようにしよう。湿布と軟膏に使う薬草の配合は、これまでどおりアタシが考えるから、お前さんは化粧水を作ってごらん。どういう作り方がいいか、どの薬草をどんな割合で組み合わせるのがいいか、まずは思うようにやってみることだ」

そんなアルマの方針で、ソフィは薬草学を取り入れた化粧水作りに取り組むことになった。一ヵ月の間アルマの弟子を務めたおかげで、化粧水の一通りの作り方は頭に入っている。

化粧水作りに使う薬草には、ローズ、ローズマリー、ラベンダーなど、香りが良くて肌を美しくするとされるものを選んだ。これらの精油や芳香蒸留水、チンキを、単体で、あるいは数種類調合して化粧水を作る。

一つ作っては使い心地を確かめ、良さそうだと思えば数日使い続けてみる。そうやって毎日あれこれと試行錯誤したが、なかなか満足のいくものはできなかった。

行き詰まった時に転機となったのは、ある日のアルマの助言だった。

肌に良いとされる薬草を十五種類も使った試作品、甘さと酸っぱさと苦さがごちゃごちゃに混ざり合った匂いの化粧水に鼻を寄せ、投入した薬草のメモに目を走らせてから、アルマは楽しそうな笑い声をあげた。

「あっはっは。こりゃ、ちと欲張りすぎたね。ま、アタシにも覚えがあるよ。あれもこれも入れたくなっちまうんだよねぇ。だがね、薬草はたくさん入れればいいってもんでもないからね」

「難しいものなんですね……」

しょんぼりと眉を下げるソフィに、アルマは当然と言わんばかりに大きく頷いた。

「そりゃそうさ。薬作りには終わりがない。薬師は生涯をかけて……時には師匠から弟子へと代々受け継ぎながら、より効果の高い薬の作り方を探求し続けるもんだ」

「生涯……」

「なぁに、そうがっかりすることはないさ。お前さんはすでに、化粧水作りに必要な知識は一通り理解できてる。その基本を押さえつつ、そうだね……心地よいと思う香りを目指せば、いいものが作れるんじゃないかと思うよ」

「心地よい香り……そんなことでいいんですか？」

なんだか曖昧な話のように思えて、ソフィは小さく首を傾げる。

「おや、香りを侮っちゃいけないよ。香りってのは心に直接作用するからね。そして心と体は繋がってる。好きな香り、心地よい香りは、心にも体にもいい効果を及ぼすはずさ。好きという気持ちは大事にするといいよ。アタシの経験上、そう感じてる時の方が薬草の効き目は高いもんだからね。……お前さん、薬草だとどの香りが一番好きなんだい？」

「一番、好きな香り……」

ソフィはこれまでに出会った薬草の数々、その香りを思い浮かべる。心をほっと穏やかにしてくれる、カモミールティーの優しい香り。ミントの爽快な香りは、澱んだ気持ちを一新してくれる。摘みたてのローズの、うっとりするような甘く華やかな香り。凛《りん》としたローズマリーの香りをかぐと、きりりと前向きな気持ちになれる。甘いエルダーフラワーやリンデンの香り。サラダに鮮やかな風味を加えてくれるバジルやディル。

好きな香りを挙げればキリがないが、一番と言われると……。

「ラベンダー……です。甘くて清々《すがすが》しくて、気持ちが落ち着きます」

「数ある薬草の中でも、ラベンダーの香りには特に力強さがあるね」

「はい。それに、ラベンダーは亡くなった母が好んでいた香りなんです」

幼いソフィを抱き上げる時、ベッドで頭を撫でる時、母からはいつも、ほんのりとラベンダーのいい匂いがしていた。

と言っても、ラベンダー単体の香りではなく、他の薬草とブレンドされた香りだったらしいと気付いたのは最近のことだ。記憶にある母の香りは、ラベンダーそのものの香りとは微妙に異なっているのだ。

甘くて優しくて懐かしい匂い。ラベンダーの香りが鼻を掠めるたび、ソフィは親子三人で暮らしていた頃のことを思い出し、寂しくも温かい気持ちになる。

ふむ、とアルマが頷いた。

「ラベンダーをメインに据えてブレンドするっていうのは、いい考えだと思うよ。昔から薬や化粧品に重宝されてきた薬草だからね」

アルマのその言葉で方針は決まった。

ベースに使うのはラベンダーの芳香蒸留水。そこに、ラベンダーをはじめ、肌に良いとされる薬草のチンキを混ぜていく。欲しい効能だけでなく、香りのバランスにも注意を払いながら。

芳香蒸留水にチンキを加える時は、ガラスのピペットを使って少量ずつ。チンキを加えたらガラス棒で混ぜて香りを確かめる。その繰り返し。

（肌が綺麗になりますように……）

願いを込めて一滴。

（白くて、滑らかで、肌理《きめ》の整った肌になりますように……）

さらに一滴……。

そうして試行錯誤を繰り返しながら幾通りもの配合を試すうち、あっという間に一ヵ月が過ぎた。

ガラスの小瓶に最後の一滴を加え、ガラス棒でひと混ぜする。ほんのり色づいた液体を両手に取り、そっと顔全体になじませる。すっと肌に染み込むような感覚。たちまち肌が潤ったことが、手の平にしっとりと伝わってくる。

ふわりと広がる香りを胸いっぱいに吸い込む。静かに息を吐き出し、ソフィは閉じていた目をゆっくりと開いた。

「できた……」

小さくつぶやいて、ソフィは口元をほころばせた。

「どれ、お前さんの自信作、見せてもらうとするかね」

ソフィが見守る前で、節くれだったアルマの手が化粧水の小瓶を持ち上げた。日の光にすかして色を確かめ、次いで香りを確かめる。

「ふぅん……」

中の液体をたっぷりと手の平に取り、手首から指先まで丁寧に馴染ませる。それから手の甲に鼻を寄せ、目を閉じた。長いこと無言でそうしていたアルマは、目を開けると、ドキドキしながら感想を待つソフィにニヤリと笑って見せた。

「うん、いいね」

「ほ、本当ですか……？」

ソフィは思わず声を上擦らせる。

「弟子相手にお世辞なんぞ言わないよ。肌への馴染みもいいし、何より香りがいいね。柔らかな甘さの中に、品の良さと清涼感があって。ラベンダーをメインに、ローズマリー、ミント、ローズを入れたんだね。それに何か柑橘《かんきつ》のような香りを感じるけど、これは……？」

「レモンピールとオレンジピールのチンキを少し加えてみたんです。香りも良くなりますし……」

「ああ、なるほどねぇ」

アルマは納得した様子で何度も頷いた。

「どちらも、気持ちを落ち着かせてくれる香りだね。それだけじゃなく、レモンピールは肌に良いとも言われてる。オレンジピールは格別肌への効果は聞かないが、胃腸の調子を整えてくれる薬草だ。巡り巡って肌への効果も期待できそうだね」

「はい……はい、そうなんです。そうだったらいいなと思って」

「うん、理にかなってると思うよ。よく考えた。いいものを作ったね、ソフィ」

アルマの率直な褒め言葉に、ソフィは頰を染めてはにかんだ。

薬草辞典とにらめっこし、ああでもないこうでもないと試行錯誤して作った化粧水。自分の考えが的外れでなかったことに安堵するとともに、アルマに認めてもらえた事実に胸の奥がふわふわと温かくなる。

「香りといえば……」

小瓶の栓を開けて再び香りを確かめながら、アルマが言った。

「この化粧水の香りは、ソフィの母さんの香りに似てるのかい？」

ソフィはわずかに眉を下げる。

「似てはいるのですが、少し違います。どうしても、ぴったり同じ香りにはならなくて……」

ラベンダーをベースにした化粧水を作ると決めた時、ソフィが目指したのは母のまとっていた香りだった。ラベンダーと数種類の薬草をブレンドしていたと思われる、母の香り。使われた薬草が何だったのかは分からない。あれこれ試す中でかなり近づけた気はするのだが、どうしても記憶の中の香りと一致しなかった。

そもそも、母が身につけていたのが香水だったのかサシェだったのかすら分からないのだ。同じ薬草を使っても、精油で作る香水と、乾燥させた薬草を使うサシェとでは香りが違う。もちろんチンキで作った化粧水とも違うだろう。

結局ソフィは、肌を美しくする化粧水を作るという目的を優先し、母の香りの再現はいったん脇に置くことにしたのだった。

「ふぅむ……同じ薬草でも品種によって香りが違うし、品種が同じでも育つ地域によって微妙に香りが違ったりするからね」

「えっ、そうなのですか？」

「たとえばラベンダーはツァウバルでも盛んに栽培されていたけど、カナルで育つものとは少し香りが違っていたよ。おそらくは土と気候の違いで……あぁそうか、ツァウバルだ」

アルマは、記憶を探るように遠くを見つめて目を細めた。その口元には柔らかな微笑が浮かんでいる。

「この化粧水の香りを嗅いだ時、どこか懐かしい感じがしたんだけど……今思い出したよ。アタシがお仕えしていた御方の部屋の香りと、どこか似ているんだ」

「ツァウバルの……先代の塔主様ですか？」

「そう。研究の邪魔になるからと、香水は一切つけなかったけど、時折寝室で精油を薫《た》いておられてね、その香りを思い出したよ。変わった御方でね、お姫様だってのに王宮にはめったに戻らず、塔の狭い部屋に寝泊まりしていらっしゃった。その部屋も、寝室と言いつつ本だらけで……」

香りが記憶を呼び覚ましたのだろう。アルマは懐かしそうに、かつての主のことを語った。

「五年ほど前に塔主の座を退いたというのは風の噂で耳にしたけど、今はどうしておられるのか……。お元気でいらっしゃるといいんだけど……」

カナル王国に戻ってからは、全く連絡を取っていないのだという。感傷を振り払うように、アルマは小さくかぶりを振った。

「それにしても、あの御方の香りとソフィの母さんの香りが似てるっていうのは面白い偶然だね。もしかして、ソフィの母さんはツァウバルの出身だったりするかい？」

「あ、いえ……」

ソフィは顔を曇らせた。

「分からないんです。母がどこの出身なのか……」

ソフィが物心ついた時、一家が住んでいたのは西のウェスターナ王国だった。幼いソフィは国といえばウェスターナしか知らず、両親の生まれた国がどこかなど、気にしたこともなかった。

「出身地どころか、家族のことも何も知らないんです。アンという名前しか……」

母の出自が分からない。そのために、ソフィはクラプトン伯爵家の人々から何年にもわたり口汚く罵られてきた。そうした長年の仕打ちは、自然とソフィの体を縮こまらせた。

「おや、アタシは多少知ってるよ」

「え？」

思いがけない言葉に、ソフィは弾《はじ》かれたようにアルマの顔を見た。年老いた薬師はニヤリと口の端を上げる。

「おっと。お前さんの母さんに会ったことがあるわけじゃないよ。だけど、お前さんの話を聞いて、お前さんの様子を見ていれば、分かることくらいあるさ。たとえばソフィの母さんは薬草が好きで、その扱いをよく心得ている人だ、とかね」

アルマは指折り数えながら言葉を続ける。

「親から習ったのか自分で学んだのか、いずれにせよ賢い人だったんだろうよ。それから、薬草を使った料理にお菓子にシロップ漬けは、夫と娘のため。家族を大切に、丁寧な暮らしを心がけている人だった。……だろう？」

「……はい……！」

震える声でどうにか答え、ソフィはコクコクと何度も頷いた。涙がせり上がり、鼻の奥がツンと痛む。アルマの言うとおりだった。たとえ生まれた場所が分からなくても、親族の名前すら知らなくても、ソフィが知る母の姿はたくさんある。

「……頭を撫でてくれる手が優しくて。笑顔を見るとホッとして。ぎゅっと抱きしめられるといい匂いがして……」

ぽろりと、涙が一粒こぼれ落ちた。

「わたし、そんなお母さんのことが大好きだった……！」

クラプトン伯爵家では口にすることすら許されなかった母への思いが、涙と一緒に溢れ出す。小刻みに震えるソフィの肩を、アルマの皺だらけの手が遠慮がちに撫でた。

「……母さんのこと、お前さんがしっかり覚えておいてあげるんだよ。それが生きてるモンにできる、一番の弔いなんだから……。いつか、母さんの思い出の香りを再現できるといいね」

「はい、いつかきっと……」

手の甲で涙を拭い、ソフィはアルマに微笑んで見せる。

わずかに残る母の記憶を大切にしたいと、ソフィは改めて思う。同時に、母のことをもっと知りたいとも。手掛かりは何もないが、懐かしい母の香りに辿り着いた時、いまだ知らない母の姿に少しだけ近づけるような気がするのだった。

アルマもまた微笑を浮かべて頷き、その場の雰囲気を切り替えるかのように「さて」と明るい声で言った。

「お前さんの作った化粧水、せっかくだからアタシも使ってみたいんだが……同じものを再現することはできるかい？」

アルマの問いかけに、ソフィはパッと顔を輝かせた。

「もちろんです！　すぐに作ります！」

さっそく作業台に向かうソフィの背中を、アルマが目を細めて見つめていた。


それから十日後の早朝、身支度を整えて二階の屋根裏部屋から一階に降りてきたソフィを、アルマが待ち構えていた。

ソフィの姿を目にするなり足早に歩み寄ってきたアルマは、真正面からずいっとソフィに顔を寄せた。その手には、ソフィが手作りした化粧水の小瓶が握られている。

「ソフィ。アタシの顔を見て何か気付くことはないかい？」

「え？　えっと……？」

額がくっつきそうなほどの至近距離で見つめられ、その勢いに仰け反りながら、ソフィは改めてまじまじとアルマの顔を見る。

真剣なアルマの表情。ギョロリと大きな目は奇妙な色を帯び、やけに鼻息が荒いものの、年相応に皺の刻まれたその顔に特におかしな点は見当たらない。あえて言うならば……。

「以前より少し顔色が明るい、ような……？」

小首を傾げながら答えると、「そうなんだよ！」とアルマが目を見開いた。

「お前さんの化粧水を使うようになってから明らかに肌の色が明るくなってるんだ。はじめのうちは気のせいかと思って様子を見てたんだが十日使い続けて確信したよ」

アルマは早口で捲《まく》し立《た》て、ぽかんと呆けたままでいるソフィの顔を両手で挟んだ。

「お前さんも、毎日朝晩化粧水を使ってるね？　ふむ……やっぱり火傷痕には変化なし、か。だけど肌の状態そのものは良くなってるね。ますます色白に、そして滑らかになってる」

「そ、そう思われますか？」

ソフィは声を弾ませる。ソフィ自身、この化粧水を使い始めてからというもの、肌の透明感が増したような気がしていたのだ。いまひとつ自信が持てずにいたが、アルマに認められてようやく確信が持てた。

ただし肝心の火傷痕はいっこうに薄くなる気配はなく、地肌が白くなった分、火傷痕の赤味が余計に目立ってしまうという残念な結果になっている。それでも、こうしてアルマに褒められると、火傷痕のことも忘れて誇らしい気持ちで満たされた。

「間違いない。これはすごい化粧水だよ、ソフィ。それで、ものは相談なんだけどね」

アルマの目がきらりと光る。

「ソフィの化粧水を、イザベル王妃殿下におすすめしようと思うんだ」

ソフィはゆっくり三度、目を瞬いてから、「えっ」と声を裏返した。洗濯に出そうと両手に抱えていたシーツが、ばさりと足元に落ちる。

「え、わ、わたしなんかが作った化粧水を王妃様にだなんて……そ、そんな畏れ多いこと……！」

「美肌効果は抜群、安全性も確認済みだ」

「でも、わたしは薬師でもない、ただの平民です……」

「平民というならアタシだってそうさ。胸を張りな、お前さんはこの宮廷薬師アルマの弟子なんだからね。そしてアタシは、そんな弟子の初仕事を自慢したくてうずうずしてる師匠ってわけだ」

アルマの口から、イッヒッヒッと楽しそうな笑い声が漏れる。そんなふうに言われて、嬉しくないはずがない。ソフィは頬を染めて頷いた。

「よし！　そうと決まればさっそくイザベル様用に化粧水を作ってくれるかい？　作り立てをお使いいただきたいからね。イザベル様は必ずやこの化粧水をお気に召すと、アタシは確信しているんだよ。そうなったら、王妃殿下は作り手であるお前さんを御前にお召しになると思うんだが……」

アルマは言葉を切り、ソフィの顔をうかがい見た。ソフィは左手で顔の火傷痕を覆い、力なく首を横に振る。

「いえ、それは。この顔ですから……」

不快、怖《おそ》れ、憐《あわ》れみ、蔑み。クラプトン伯爵家にいた頃も、そして白薔薇宮に来てからも、ソフィは絶えずそんな居心地の悪い視線に晒《さら》され、あるいはこれ見よがしに目を逸らされてきた。高貴な人々の前に、それも、美を尊ぶと噂される王妃殿下の前にこの顔を晒す勇気は持てない。

「無理強いはできないが……一つ、聞いてもいいかい？　お前さん、白粉を使わないのには……その火傷痕を隠そうとしないのには、何か理由があるのかい？」

「それは……」

ソフィの顔が羞恥で染まる。

「その……お金がないから、です……」

消え入りそうな声で答えると、アルマは「は？」と訝しげに眉を顰《ひそ》めた。

「お金がないって、そりゃいったいどういうことだい？　王宮からの給金は？」

「あの、わたしは頂いていなくて……。たぶん、後見人になっている叔父に支払われているんだと思いますが……」

「お前さんの後見人というと……たしか、クラプトン伯爵だったね」

「……ご存じだったんですか？」

ソフィは小さく目を瞠る。白薔薇宮に来てから、ソフィは一度もクラプトンの名を口にしたことがない。伯爵からクラプトンを名乗ることを禁じられていたし、ソフィ自身、クラプトン家の一員だという意識はなかったからだ。

「お前さんを引き抜いた時に、一応、身元の確認をさせてもらったからね。だけど、お前さんがクラプトン伯爵の姪《めい》だということまでは知らなかったよ」

「わたしの父が、伯爵様の兄だったそうなんです。父が亡くなってから初めて知ったのですが……」

「ふぅん、なにやらワケアリのようだね……。それにしても、アタシは貴族の世界のことはさっぱりだが、姪っ子を王宮に働きに行かせて給金を全部懐に入れちまうとはね。ずいぶんご立派なお貴族様もいたもんだ」

アルマが吐き捨てるように言う。

「ソフィ、黙って言いなりになってちゃいけないよ。お前さんが働いて稼いだお金は、お前さんが受け取るべきだ。すでにお前さんは十六で成人しているんだしね」

「いえ……大丈夫です。王宮では制服も食事も支給されますし、特に困っていませんから……」

ぎこちない笑みを浮かべて見せたが、アルマの鼻息はおさまらない。

「何を言ってんだい、大丈夫なわけないだろ。それじゃあ好きな菓子の一つも買えないし、何年働いたって蓄えもできやしないじゃないか」

「それは……」

ソフィはきゅっと唇を噛む。

「ちゃんと受け取るべきだよ。なんなら、これから一緒に使用人頭のところに直談判《じかだんぱん》しに――」

「やめてください！」

思わず遮った声は、ソフィ自身も驚くほどに大きなものだった。アルマが呆気《あっけ》に取《と》られた様子で口を開け、動きを止める。ソフィは瞳を揺らし、「すみません……」と呟いて顔をうつむけた。

「でも、本当にいいんです、このままで」

「だけど、ソフィ……」

「そうでないと、わたし、ここにいられなくなります……」

アルマが自分のために怒ってくれるのは嬉しい。ソフィだって、本音を言えばちゃんと給金が欲しい。アルマの付き添いを得て上に直談判すれば、給金を直接受け取れるように変更することは可能かもしれない。

だが、それをすればきっと、クラプトン伯爵はソフィを屋敷に連れ戻すだろう。伯爵家の人々にとって、王宮勤めはソフィへの罰なのだ。最下級の仕事を脱した上に給金がソフィ自身に支払われるとなれば、もはや罰とは言えない。罰にならなければ王宮で働かせる理由がなくなってしまう。

虫けらでも見るような伯爵の目。鞭を振り上げる夫人の生白い腕。ねっとりと絡みつくセオドアの視線。ソフィの大切なものをいともたやすく取り上げ、踏みつけにするベリンダ。その美しい顔に浮かぶ歪な笑み……。思い出すだけで、血の気が引いていく。

薬草の匂いと日差しに満ちたこの場所から、あの暗く冷たい屋敷に引きずり戻されることを思えば、お金がないことくらい何でもなかった。

（もし連れ戻されたらきっと前よりも酷い扱いを受ける……。あの小屋にすらいさせてもらえない。地下室に閉じ込められる？　それともセオドア様の監視下に……？）

どちらだとしても、ソフィがクラプトン伯爵家から逃れることはますます難しくなるに違いない。生きるも死ぬも伯爵家の人々の意のままに、何の希望もなく屍《しかばね》のように生きるしかなくなるのだ。

「そんなのいや……もう、あの家には戻りたくない……ここにいたい……！」

顔色をなくしぶるぶると震えだしたソフィを見て、アルマが小さく息をのんだ。その眦《まなじり》が徐々に吊り上がり、皺だらけの顔が憤怒《ふんぬ》の色に染まっていく。

アルマは握りしめた拳をわなわなと震わせていたが、やがて力なく拳を解くと、ぎこちなくソフィの肩を抱いた。そうしてソフィの震えがおさまるまで、痩せた肩を撫で続けたのだった。

それから半月が過ぎた。

ソフィが作った化粧水はアルマを介してイザベル王妃に献上され、アルマの予想どおり、好評をもって受け入れられた。

「フフン、アタシの思ったとおりだったね」

ホッと胸を撫で下ろすソフィの隣で、アルマが誇らしげな笑みを浮かべた。

実際のところ、ソフィの化粧水に対するイザベル王妃の惚れ込みようは、アルマの予想以上だった。効果はそのままにローズの香りが強い化粧水も作れないかという王妃の要望に応え、チンキの配分を再調整して差し出せば大いに喜ばれ、さらに同じ香りの保湿クリームや保湿オイルも欲しいという注文を受けた。

自分が作った化粧水を喜んで使ってくれる人がいる。さらなる期待を寄せてくれている。それも、この国で最も貴い地位にある女性が。戸惑いも大きいが、嬉しくないはずがない。もとは自分のために始めた化粧品作りだったが、今ではすっかり目的が変わり、イザベル王妃殿下のためにという気持ちでせっせと化粧品作りに勤《いそ》しんでいるのだった。

ソフィの化粧水に惚れ込んだイザベル王妃は、当然のようにソフィ自身にも強い関心を寄せた。王妃はアルマに、ソフィを伴うよう求めたそうだが、アルマから顔の火傷痕のことを聞かされて渋々引き下がったらしい。ソフィはひとまず安堵し、新たな化粧品作りに集中することができている。

今日もソフィは、朝から王妃の化粧品用にチンキを仕込んでいる。その作業が一段落ついたのを見計らったように、ソフィの前にアルマがドンと大きな箱を置いた。

「開けてみな」

首を傾げつつ促されるままに箱を開けたソフィは、目を丸くした。

「これって……もしかして白粉ですか？」

箱の中に入っていたのは、手の平に乗るほどの大きさの容れ物《いれもの》に入った白粉だった。

それも一つではなく、少しずつ色味の違う粉白粉と練白粉が五つずつ。さらに鮮やかな色粉が二十種類。

「使いな。お前さんのために取り寄せたんだ」

「え……!?」

「この白粉を使って、その顔の火傷痕を隠すんだ。お前さん、前に言ってたね。自分の力でこの火傷痕に立ち向かいたいって。化粧だって立派な戦い方の一つだよ」

ソフィは小さく息をのむ。

「アタシは白粉には詳しくないんでね。どれが合うか分からないからあれこれまとめて取り寄せたけど、他にも必要なものがあれば言いな」

「アルマさん……」

声を詰まらせ、アルマを見つめると、アルマは決まり悪そうに視線を逸らした。

「言っておくけど、火傷痕の治療を諦めたわけじゃないよ。ただ、弟子が人前に出られずに引き籠ってたんじゃアタシも困るからね。それだけのことさ」

ぶっきらぼうな物言い。それが照れ隠しであることは、この数ヵ月の付き合いで分かっている。ソフィが引き籠っていたところで、アルマが困ることなど何一つない。ソフィが堂々と人前に出られるように、そして可能性を広げられるように。そのための白粉であることは明らかだった。

「……ありがとうございます、アルマさん。わたし、やってみます」

決意を込めて見つめると、アルマが満足そうに頷いた。

化粧のことはよく分からない。本当にこの禍々《まがまが》しい火傷痕が化粧で隠せるのかどうかも自信はない。

(それでもやってみたい。アルマさんの気持ちに応えたい……!)

そう心に誓うソフィなのだった。

その日から、宮廷薬師の弟子であるソフィの「仕事」に化粧の練習が加わった。

ちょうど季節は真冬。この時季に育つ薬草はごくわずかな種類しかないため、薬草園にはほとんど手がかからない。乾燥させた薬草の加工や常備薬の調合はアルマに任せ、ソフィは目覚めている時間の大半を化粧の練習にあてることになった。

ただし、イザベル王妃のための化粧品を作る作業は、引き続きソフィが担当した。

アルマがソフィのレシピをもとに作ってみたのだが、なぜか同じ使用感にならなかったのだ。

「うーん……。レシピどおりだし、色も香りも同じように思うんだがね……。作り方に何か微妙な違いがあるのか……？」

アルマは不思議そうに首を捻りながら繰り返し調合を試みたが、結果は変わらず、その理由も分からないままだった。

一方、ソフィの化粧の練習も、容易にはいかなかった。

まずは扱いやすい粉白粉を塗ってみたが、火傷痕はわずかに薄くなる程度。練白粉ならばと期待したが、確かに粉白粉よりは目立たなくなるものの、火傷痕は全く隠れてはくれない。淡いものから濃いものまで、どの色で試しても、多少の違いはあれど結果は同じだった。

（色を混ぜてみたらどうだろう……？）

そう思いついたのは、化粧筆を見て、絵筆を握る父の姿を思い出したからだった。

休日の昼下がり、ハーブの世話をする母娘《おやこ》のそばで、キャンバスを広げていた父。パレットに並ぶいくつもの色。絵筆の先がそのいくつかを掬い取る。筆の先で鮮やかに色を変える絵の具を見て「魔法みたい！」とはしゃぐと、「ソフィもやってみるかい？」と父は穏やかに微笑んだ。

（……そういえば、お父さんはいくつかの色を重ねて塗ったりもしていた。そうすることで少しずつ色を変えられるからって。お化粧でやってみたらどうなるだろう……）


練白粉、粉白粉、色粉。

ブラシで、海綿で、指で。

塗る組み合わせ、その順番……。

（火傷痕が隠れますように……。綺麗な肌になりますように……）

毎日、毎日。幾度も、幾度も繰り返す。

そうして冷たい冬が過ぎ、庭のリンデンの木に新しい葉が芽吹く頃、ソフィの姿は王妃イザベルの私室にあった。


その日ソフィは、定例の朝の往診に向かうアルマについて家を出た。

早朝のまだ薄暗い中、使用人達が立ち働く静かな気配を感じながら、白薔薇宮の奥深くへと向かう。慣れた様子で迷いなく進むアルマと違い、ソフィの足取りはふわふわとおぼつかない。

王宮に勤め始めてすでに九ヵ月になるが、白薔薇宮の表側に行くのは初めてのことだ。ましてや王族の住まう最奥など、自分には一生縁がないものだと思っていた。限られた者のみが立ち入ることを許されるその場所で、これからこの国で最も高貴な女性と相まみえるのだ。昨夜は緊張でなかなか寝付けなかったが、目は不思議なほど冴《さ》えている。

絵画や彫刻が至るところに飾られた廊下には、槍《やり》を手にした衛兵が等間隔で立っている。見慣れない者に対する警戒心をはらんだ衛兵らの視線も、豪華な空間も、何もかもが落ち着かない。避けるように視線を落とせば、磨き抜かれた寄木張りの床に自身の影が頼りなく映った。

やがて、奥まった部屋の扉の前でアルマが立ち止まった。衛兵に名前を告げると、衛兵はソフィにちらりと視線を向けてから、すんなりと中に通してくれた。ソフィが参上することは事前に伝わっていたらしい。

アルマが王妃を問診し、体調に合わせた薬草茶や薬を処方する間、ソフィは隣接する控えの間で待つことになった。主に侍女が使う部屋のはずだが、そうとは思えないほどきらびやかな設えだ。

（伯爵家も豪華だったけど、王宮は別格なんだわ……）

考えてみれば、王妃の侍女となれば例外なく貴族階級の出身だろう。伯爵家の縁者とはいえ平民にすぎない自分が、あまりに場違いに思えた。

ふと、控えの間の壁に設置された大きな姿見が目に入った。そこに映るソフィの白い顔は緊張でこわばっている。けれど、顔の左半分で禍々しくその存在を主張していた火傷痕は、影も形も見当たらない。

（大丈夫。ちゃんと隠せてる……）

鏡の中の自分と頷きを交わし、静かに深呼吸をした。

やがて、緊張と寝不足で胸のあたりが気持ち悪くなりかけた頃、アルマから声がかかった。背筋を伸ばし、けれど視線は落としたまま、アルマの後ろについて王妃の私室へと足を踏み入れる。毛足の長い絨毯《じゅうたん》に足を取られそうになりながら、どうにか歩を進める。部屋の中央に置かれたソファセットの近くで立ち止まったアルマにならって、ソフィも足を止め、その場で深く腰を落とした。

「ああ、アルマ。その子なのね？」

「はい、イザベル様。弟子のソフィでございます」

「会えるのを楽しみにしていたわ。ソフィとやら、顔をお上げなさい」

「はい……」

掠れた声で応え、ソフィはそろそろと顔を上げた。

真正面にある一人掛けのソファ。そこにゆったりと腰掛けた女性とバチリと目が合い、ソフィは慌てて視線を落とした。

(この方が、イザベル王妃殿下……)

美しい人や物を好むという噂の王妃イザベルは、自身もまた美しい女性だった。整った目鼻立ちに、ゆったりと波打つ金の髪。長い睫毛に縁取られたエメラルドの瞳はまるで宝石のようだ。腰掛けていても分かるほどに均整の取れた身体つきは、御年三十代半ばにして、世継ぎとなる王子を含む三人の子を産んだようには到底見えない。

目覚めて間もないイザベル王妃は、寝間着にガウンを羽織っただけで、化粧も施していない。それにもかかわらず、その姿からは気品と優雅さ、そして人の上に立つ威厳のようなものが感じられた。

イザベルは、瞳に浮かぶ好奇心の色を隠すことなく、ソフィを上から下までまじまじと見やる。そうしながらひとしきりソフィの化粧水を褒めた後、ついとアルマに視線を送った。

「それにしてもアルマも人が悪いわね。こんなに綺麗な子を隠しておくだなんて。大げさに言っていたけれど、火傷痕なんてちっともないじゃないの」

王妃の言葉には責めるような色が含まれていたが、アルマは動じることなくひょいと肩を竦めた。

「アタシは何も大げさになんか言っておりませんよ。本当に痛々しい火傷痕があるんです。化粧で隠してるんですよ。ないように見えるのは、ひとえにソフィの鍛錬の賜《たま》物《もの》です」

「化粧で、ねぇ……？」

王妃は半信半疑の様子で眉を寄せていたが、良いことを思いついたというふうに口元に笑みを浮かべた。

「それならばソフィ、今ここで化粧を落としてご覧なさい」

ソフィは視線を落としたまま小さく息をのんだ。

「イザベル様、それは……」

渋い顔で口を挟もうとしたアルマを、イザベルは片手を上げて制した。

「何も見世物にしようというのではありませんよ。本当にそれほどの腕前ならば、ぜひとも確かめたいじゃないの。どう、ソフィ？　嫌なら断っても構わないわよ」

ソフィの心臓がドキドキと早鐘を打つ。

（どうしよう……）

高貴な人の前で醜い素顔を晒したくはない。けれど、王妃殿下の命令を断ることもまた怖ろしい気がした。それに、イザベル王妃はアルマの言葉を疑っている様子だ。もし真実だと証明できなければ、アルマが咎《とが》められてしまうのではないか……。

ぐるぐると考えがまとまらないまま、助けを求めるようにアルマに目をやれば、小さな頷きが返ってきた。それでソフィは察する。

（……そうか、これはチャンスなんだ。アルマさんの弟子として、王妃様に認めてもらうための）

きっとアルマはそのために、ソフィをここへ連れてきたに違いない。ソフィの心は決まった。

「……やります」

イザベルが満足げに頷く。すぐさま、壁際に控えていた侍女が道具を揃えて戻ってきた。イザベルと侍女達の視線を浴びながら、小さく震える手で化粧を落としていく。植物性のオイルを丁寧に化粧になじませ、水を含ませたガーゼで拭き取る。それを何度か繰り返し、最後に乾いたタオルで優しく顔を拭う。

そのタオルを取り去り顔を上げると、王妃がかすかに息をのんだ気配があった。周囲で見守っていた侍女達から小さなどよめきが起きる。彼女達の顔が驚きや不快に歪むのが、視界の端にちらりと映った。

その反応に俯きたくなるのをこらえ、ソフィはまっすぐに顔を上げ続けた。

「……これは驚いたわね」

イザベルは目を瞠り、ほぅと吐息を漏らした。その表情に蔑みの色がないことに安堵したのも束《つか》の間《ま》、続く王妃の行動にソフィは固まった。

イザベル王妃は自らソフィに歩み寄ると、その顎に指を添えて上向かせたのだ。瞬きも、呼吸すらもできないでいるソフィの顔を、イザベルがうっとりと見つめる。

「素晴らしいわ。これほどの火傷痕を完璧に隠してみせるだなんて……」

至近距離で、イザベル王妃のエメラルドの瞳が楽しげにきらめいた。形の良い唇が弧を描く。

「決めたわ、ソフィ。あなた、今日からわたくしの侍女になりなさい」

ソフィは目を見開く。室内に静かなざわめきが満ちた。


いつもより遅めの朝食を終え、ソフィはアルマと共に薬草園に繰り出していた。春は薬草の種まきに適した季節。仕事はいくらでもある。

「今日はセージとナスタチウムの種蒔《たねま》きから始めようかね。それが済んだらローズマリーとラベンダーの苗の植え付けだ。昨年の秋に植えたのもまだ元気だけど、イザベル様の化粧水に使うからね、増やしておこう」

「はい」

鍬《くわ》でふかふかに耕した畑に指で穴をあけ、セージの種を三粒ずつ蒔いていく。土や薬草に触れているうちに、ようやく気持ちが落ち着いてきた。苗を植え付けるための穴を掘りながら、今朝のイザベル王妃の私室でのことを思い出す。

あの後、突然の王妃の宣言を受けてすぐさま女官長が呼び出された。駆けつけた女官長は、話を聞くとあからさまに渋い顔になった。なにしろソフィは平民の身分。おまけに顔には醜い火傷痕があるのだ。

イザベル王妃の侍女には、貴族階級であることは当然の前提で、選《え》りすぐりの美女が集められている。もちろん、見た目が優れているだけでなく、所作の美しさや有能さも求められる。その地位は王宮に勤める女官の中でも別格なのだ。

女官長はあれこれと理由を並べて王妃を翻意させせようとしたが、王妃は聞く耳を持たなかった。

「平民がこの白薔薇宮の侍女に取り立てられた例はございません」

「ソフィは平民と言っても、クラプトン伯爵の姪だそうよ。血筋の上では問題ないでしょう」

「それでも平民は平民です。それに、そのような特別待遇を許せば、他の貴族家から不満が出ます」

「あら、不満があるならこの子以上に優れた娘を寄越せばいいだけのことよ」

「それに、行儀作法も知らない娘が王妃殿下のおそばに侍《はべ》ったのでは、殿下のご威光に傷がつきます。この者自身も、苦労するだけでございましょう」

そんなやり取りを、ソフィはおろおろしながら見守るしかなかった。当事者であるにもかかわらず、平民であるソフィが口を挟める雰囲気ではない。

「行儀作法は女官長であるあなたが仕込めばいいじゃないの、バーネット夫人。こんなに美しくて有能な子なんですもの、ぜひともそばに置きたいわ。ねぇソフィ、あなたもわたくしの侍女になりたいでしょう？」

イザベル王妃に同意を求められ、ソフィは言葉に詰まった。本音を言えばソフィは、イザベル王妃の侍女になるよりもアルマの弟子でいたい。王妃の侍女など畏れ多いにもほどがあるし、なによりソフィは薬草と関わる仕事にやりがいを感じているのだ。

けれど、イザベル王妃の御前でそんな本音を口に出せるはずもない。

固まっていたソフィに助け舟を出してくれたのはアルマだった。

「イザベル様、ソフィはアタシの弟子ですよ。勝手に引き抜かれたんじゃ困ります。それに、イザベル様に献上している化粧水は、ソフィでなきゃ作れないんです。残念ですがアタシじゃ同じようには作れません。あの化粧水を作る者がいなくなったんじゃ、イザベル様もお困りでしょう？」

そう言って、イザベル王妃を説得しにかかったのだ。これにはさすがのイザベル王妃も折れざるをえなかった。それでも王妃はソフィをそばに置きたいと食い下がり、話し合いの結果、ソフィは宮廷薬師の弟子と王妃の侍女を兼ねることになった。

兼任なので、侍女と言っても常にイザベル王妃のそばに控えている必要はない。基本的には今までどおりアルマのもとで過ごしつつ、イザベル王妃の求めに応じて、化粧係やお茶会等での給仕係を務めるということになったのだった。

「……本当に良かったのかい？　イザベル様の専属侍女にならなくて」

アルマがローズマリーの苗の根元に土をかぶせながらぽつりと尋ねた。

「もちろんです」

迷いなく答えると、アルマは「そうかい」と安堵したように息を吐いた。

「だけどこれから忙しくなるね。化粧の練習に、紅茶を淹れる練習、それから行儀作法の練習だっけ？　練習、練習、また練習だ」

ため息混じりのアルマの言葉に、ソフィも苦笑いで応える。

イザベル王妃の化粧係を務めるといっても、ソフィが練習して身につけたのは白粉を塗る技術とせいぜい頬紅くらいで、眉や目元、口元の化粧についてはさっぱりだ。当面ソフィは白粉だけを担当することにし、白粉以外の化粧については、王妃イザベルの化粧係を務める侍女達から教えを受けることになった。

さらに、給仕を務めるために、紅茶の淹れ方や行儀作法についても学ぶ必要がある。ソフィは薬草茶なら慣れているが、紅茶にはあまり馴染みがない。行儀作法はクラプトン伯爵家に引き取られて間もない時期に、ほんの少し習っただけだ。これらについては、イザベル王妃の指名で、女官長のバーネット夫人から直々に指導を受ける予定だ。

「まぁでも、お前さんの可能性が広がるのはいいこった」

「はい」

ソフィは素直に頷いた。

パタパタという軽やかな羽音につられて顔を上げれば、リンデンの枝から小鳥が飛び立ったところだった。柔らかい春の日差しの中、小鳥の影は霞《かすみ》がかった青空の向こうに遠く消えていく。

（不安もあるけど、頑張ってみよう。そうすれば、わたしも自由の翼を手に入れることができるかもしれない……）

自然と、クラプトン伯爵家で出会った小さなカラスのことが思い出された。ベリンダに乱暴に追い払われ、きちんとお別れをする間もなく巣立たざるをえなかったカラスのことは、ずっとソフィの心に引っ掛かっていた。

「クーちゃん、元気でいるのかな……。もう一度会いたいな……」

思わず呟いた、その次の瞬間だった。「カァ」という鳴き声をソフィの耳が拾う。

続いてバサバサと羽音を響かせながら、どこからともなく一羽《わ》のカラスが姿を現した。

カラスは、目を丸くして立ち尽くすソフィに向かって一直線に飛んでくると、バサリと目の前に降り立った。記憶にあるよりも大きな身体。けれど、小首を傾げてソフィを見上げる丸い目が、記憶の中のカラスとぴたりと重なった。ソフィの胸がドキドキと高鳴る。

「まさか……クーちゃんなの……？」

震える声で呼びかければ、カラスは肯定するように「クゥ」と小さく鳴いた。じわりと涙が滲む。

「クーちゃん……！　無事で良かった、本当に……。あの時は守ってあげられなくてごめんね。もうどこにも行かないで、ずっとわたしのそばにいて……」

「クゥ……」

思わず両手で抱き上げ、小さな丸い頭を撫でれば、カラスは甘えるように嘴《くちばし》をソフィの腕に擦《こす》りつけた。

「おやまぁ、これは……」

再会を喜び合うソフィとクーを、アルマが思案顔で見守っていた。


それから目まぐるしい日々が始まった。

午前中はアルマの弟子として、薬草園の世話と化粧品作り。午後は王宮の中心に出かけて行って、王妃の侍女を務めるための化粧や行儀作法、給仕の仕方を学ぶ。

行儀作法と給仕の指導を担当することになったバーネット夫人は、表情も口調も常に厳めしい女性だった。不本意であることを隠そうともしない。それでも真面目な性格ではあるらしく、王妃から命じられた職務に手を抜くことはなかった。「あなたが無様な姿を晒せば、王妃殿下の威信に傷がつきます」と口癖のように繰り返し、ソフィに行儀作法と給仕を厳しく仕込んだのだ。

失敗すれば厳しく叱責される。上手くできた時も褒め言葉はなく、小さく頷くのみ。ソフィは毎日必死になって、バーネット夫人の指導に食らいついた。

バーネット夫人による指導の後は、イザベル王妃の化粧係筆頭を務める侍女のヘレナから、化粧の指南を受ける。王妃の化粧係は、ソフィの他に三名いる。いずれも貴族階級の出身である彼女らは、ソフィに対してあからさまによそよそしい態度を取った。ソフィを仲間として受け入れる気がないことは明らかな態度。

それでも、ヘレナもまた、王妃の命令には忠実だった。渋々といった様子ながら、目元や口元の化粧の仕方について教えてくれ、時には練習台にもなってくれた。もっとも、最低限の基礎のみ教えると、「あとは練習あるのみですから」と、早々に指導を切り上げてしまったが。

決して好意的とは言えない人々から、慣れないことを教わる日々。そんな生活の中にも癒しはあった。様々な薬草の香りに、湿った土の手触り。アルマと共に薬草の仕事に携わる時間は、ソフィの心を穏やかにしてくれる。

それに、クーの存在もソフィに元気を与えてくれた。どうやらクーは、アルマの家の近くに住み着いたらしい。ソフィが名を呼べば必ず姿を現《あらわ》し、薬草園で作業するソフィの周りをちょんちょんと跳ねる。カラスは一般には疎まれている鳥だ。アルマの反応が気になったが、「ふぅん、こうして見ると、案外カラスも可愛いもんだね」という言葉に、ソフィはホッと胸を撫で下ろした。

そのうちクーは、ソフィの手伝いをしようというのか、嘴を器用に使い、雑草を引き抜いたり薬草の葉を摘むようになった。初めは雑草も薬草もお構いなしだったが、ソフィが「クーちゃん、これは薬草だから引き抜いては駄目よ。こっちの葉っぱを集めてくれる?」などと声をかけると、その指示を守って動くようになった。これにはアルマも目を丸くして、「カラスは賢いとは聞くけど……まるでお前さんの言葉が分かってるようじゃないか」と、またもや思案顔でクーを見つめていた。

ソフィとアルマがリンデンの木の下のテーブルセットで休憩がてらお茶の時間を始めれば、クーもすかさずやって来てお菓子をねだる。クゥクゥと甘えた鳴き声に目を細めながら、ソフィは自分の菓子をクーに分け与えるのだった。

そうして半月の準備期間を経て、ソフィは初めてイザベル王妃の尊顔に白粉を塗ることを許された。

王妃はもともと美容に熱を入れていることもあり、その肌は年齢のわりに白く滑らかだ。それでも加齢には抗《あらが》えず、こめかみ付近にうっすらとシミができ始めていることを気にしていた。それを綺麗に隠し、自然な透明感が出るように白粉を塗れば、イザベル王妃はまるで娘時代に戻ったようだと喜び、対外的な公務のある日には必ずソフィを呼んで白粉を塗らせるようになった。

ただし白粉以外の化粧についてはまだ任せてはもらえない。ヘレナ達がイザベル王妃に化粧を施すのを、そばで見て学ぶ。その一方でヘレナ達もソフィの白粉の技術だけは認めているらしく、王妃に白粉を塗るソフィの手元には、彼女達から熱心な視線が注がれた。

さらに半月が過ぎた頃、行儀作法と給仕を担当するバーネット夫人から合格が言い渡された。

「あなたは思っていたより筋の良い生徒でした」

バーネット夫人は厳めしい顔のまま、初めて褒め言葉を口にした。ただし、「合格と言っても最低限のものだということを忘れないように。これからも鍛錬を欠かしてはなりませんよ」と言い添えることも忘れなかったが。

バーネット夫人の合格を得たソフィは、王妃主催のお茶会で給仕を務めるようになった。王妃が主催するお茶会や夜会では、王妃お気に入りの見目麗しい美男美女が給仕を務めるのが慣わしとなっている。ソフィもその一人に加わったというわけなのだった。

小規模なお茶会での給仕を何度か経験し、少し慣れてきた頃だった。

「まあ、ソフィじゃないの」

十名ほどの貴婦人が招かれた王妃主催のお茶会で給仕をしていたソフィは、背後からかけられた声に、ティーポットを手にしたまま固まった。ぎこちなく振り向いた先に、思ったとおりの人物の姿があった。

「……ベリンダ、様……」

からからに乾いた口で、どうにか声を絞り出す。

このお茶会にベリンダが参加していることは、初めから知っていた。なるべくベリンダの視界に入らないよう気を付けて動いていたのだが、その甲斐もなく目に留まってしまったらしい。ソフィが王宮に送られて以来、およそ十ヵ月ぶりの再会だった。

美しく着飾ったベリンダは、ソフィの顔を見て一瞬目を瞠ったが、すぐにその整った顔にたおやかな微笑みを浮かべた。その視線は、探るようにじっとソフィの顔に

――その左側に注がれている。

「久しぶりねぇ、ソフィ。元気そうで良かったわ。あなたったら、仕事が忙しいからってめったに便りもくれないんだもの。ねぇ、もっとよく顔を見せてちょうだい」

言いながら、ベリンダは優雅な身のこなしで席を立ち、ソフィに向かってゆっくりと歩き出した。

（手紙を送ったことなんて一度もない……送るはずがないのに……！）

まるで親しい家族に久しぶりに会えて嬉しいとでも言いたげなベリンダの口調と表情に、ぞくりと肌が粟立《あわだ》つ。逃げ出したいのに、足はその場に縫い止められたように動かない。ソフィはベリンダの視線から逃れるように、「申し訳ありません、ベリンダ様」と頭を下げた。

「もう、ソフィったら……仕事中とはいえ悲しいわ、そんな他人行儀にされては。いつものようにお義姉様《ねえさま》と呼んでちょうだい？　あなたとわたくしの仲ではないの」

おずおずと顔を上げると、至近距離でベリンダがソフィを凝視していた。その美しい顔に浮かぶのは、寂しそうにほんのわずかに眉を下げた、可憐な微笑み。ソフィを罵倒し、何度も鞭打ったのと同じ人物とは思えない。

ひやりとしたベリンダの白い手がソフィの腕に触れ、ソフィはびくりと体を震わせた。手に持ったままだったティーポットが大きく揺れ、注ぎ口から紅茶の飛沫《ひまつ》が跳ねた。

「あ、も、申し訳ありません……」

青ざめるソフィに、ベリンダが優しげな微笑みを向ける。

「大丈夫よ、かかってはいないわ。王妃殿下の御前ですもの、緊張するのも無理はないわ。でもね、気をつけなくてはだめよ。あの時のように火傷をしては大変だもの」

「……っ！」

ソフィの呼吸が一瞬止まる。

何も言葉を返せずにいる間に、イザベル王妃が二人のやり取りに気付いて会話に入ってきた。親しげな微笑みをベリンダに向ける。

「よく来たわね、ベリンダ」

ベリンダはイザベル王妃に向き直り、優雅に礼をした。

「ご機嫌うるわしゅう、イザベル王妃殿下。本日はお招きいただきありがとう存じます」

「楽にしてちょうだい、ベリンダ。あなたは今日も美しいわね。そうそう、先日あなたから頂いた薔薇ジャム、とても美味しかったわ」

「お褒めいただき嬉しゅうございますわ。イザベル様のために、専用の薔薇を育てるところから始めましたのよ。お気に召していただけたのでしたら、また明日にでもお持ちいたしますわ」

「まあ、嬉しいこと。それにしても」

イザベル王妃は言葉を切り、ソフィとベリンダを見比べた。

「二人は従姉妹《いとこ》同士だとは聞いていたけれど、ずいぶん親しいみたいね」

「ええ、そうなのです、イザベル様。ソフィは七歳の時に事故で両親を亡くし、以来、我がクラプトン伯爵家で育ちましたの。わたくしにとってソフィは、従妹というより妹のような存在ですわ」

「そうだったのね。こんなに綺麗な従妹がいるのなら、もっと早くに教えてほしかったわ、ベリンダ」

「申し訳ございません、イザベル様。隠すつもりはなかったのですが、クラプトン伯爵家の名に頼らず実力で上を目指したいというのが、ソフィのたっての希望でしたので……」

「あら、謙虚なこと。それならばソフィは見事にその目標を果たしたというわけね」

「ええ、驚きましたわ。父親が伯爵家の出とはいえ身分の上では平民ですのに、まさか給仕の女官に取り立てていただいているなんて……」

「ふふ、あなたの従妹に対する評価はもっと高くてよ。ソフィは先月からわたくしの侍女を務めているの」

「まあ……」

ベリンダは目を瞬き、しばし言葉を失った。それから、さも感激したように頬を染めた。

「ソフィがそのような栄誉にあずかるなんて、従姉として、いいえ義姉として誇らしいですわ。それにしても、イザベル王妃殿下はなんて寛容な御方でいらっしゃるのでしょう。ソフィは平民というだけでなく、その……」

ベリンダは戸惑ったような顔で言いよどみ、ちらりとソフィに目をやった。

「顔にあのような酷い火傷痕がありますのに……」

その言葉に、周囲でなりゆきを窺っていた貴婦人達がいっせいにソフィを見た。遠慮のない視線が注がれる。

「その火傷痕ゆえに、よ。火傷痕を見事に隠しきった化粧の腕前を見込んで、わたくしの化粧係に抜擢《ばってき》したの」

「まあ、そうでしたの……化粧で……」

ベリンダは納得したように小さく何度も頷くと、ソフィに身を寄せた。華奢《きゃしゃ》な白い手がソフィの腕をするりと撫で、手首をそっと握った。

「あなたに変わりがなくて安心したわ、ソフィ。たまには屋敷にも戻っていらっしゃいね。お父様もお母様も、それからお兄様も、可愛いソフィに会えるのを楽しみにしているのよ――」

優しげな微笑みをたたえるベリンダの手にギリッと力がこめられた。綺麗に整えられた爪がソフィの手首に食い込む。瞬きもせずにソフィを見つめるその青い瞳は、決して逃がさないと告げているようだった。

第三章

宮廷薬師アルマの弟子兼王妃イザベルの侍女として慌ただしく過ごすうちに、さらに二ヵ月が過ぎた。

その後もベリンダとは、王妃主催のお茶会や夜会で何度も顔を合わせることになった。ベリンダだけではない。伯爵夫妻やセオドアともだ。

お茶会や夜会で給仕をしていると、望むと望まないとにかかわらず、貴族達の様子を見聞きすることになる。それで分かったのは、クラプトン伯爵家の人々が社交界で一目置かれているということだった。

カナル王国の貴族家の中でも長い歴史を誇る伯爵家。領地には大きな港を有し、交易でなした財は公爵家や侯爵家にも引けを取らない。

当主のメレディスはやり手の経営者にして温厚な人格者。夫人のエイダは美しく慎《つつ》ましく、慈善活動にも熱心な貴族夫人の鑑《かがみ》。嫡男のセオドアは両親ゆずりの甘い容姿と家柄の良さから、婚約者の決まっていない令嬢達から絶大な人気を誇る。

そして長女のベリンダも、社交界デビューからわずか一年余りにもかかわらず、早くも社交界で大きな存在感を放っていた。

類いまれな美貌に気品溢れる所作。ダンスやピアノの腕前も一流。社交にも熱心で、たびたび伯爵邸で小さなお茶会を開いては、その都度、男女問わず信奉者を増やしている。婚約の申し入れは山のように寄せられているが、娘を溺愛する伯爵が相手を慎重に吟味しており、いまだ婚約者は決まっていない。イザベル王妃からも目をかけられ、「あなたはまるで青薔薇のように美しいわね」との言葉を賜ったことから、「社交界の青薔薇」と呼ばれている——。

クラプトン伯爵家の噂を耳にするたび、そして実際に夜会等で彼らの姿を目にするたび、伯爵邸で見てきたものとのあまりの違いに、ソフィは唖然《あぜん》とするしかなかった。

そんな伯爵一家は、ソフィが王妃の侍女に抜擢されたことを知るや、ソフィの扱いを一変させた。ソフィを王宮に送り出した時にはクラプトンを名乗らないよう厳命していたのに、それを忘れたかのようにソフィをクラプトン家の一員として周囲に喧伝《けんでん》するようになったのだ。

両親を事故で失った上に顔に火傷痕を負う、不幸な身の上の娘。そんな哀れなソフィに手を差し延べ、実の娘同然に慈しみ育てあげた伯爵家。その結果ソフィの才能は花開き、平民でありながら王妃の侍女に取り立てられた――。

ベリンダとの再会から二ヵ月が過ぎる頃には、そんな美談がまるで真実のように社交界に知れ渡っていた。噂を信じた人達の一部が、クラプトン伯爵家との繋がりを求めてソフィに話しかけてくることもあったが、ソフィは曖昧な表情と言葉でこれを躱すしかなかった。

クラプトン伯爵家の人々がソフィを家族のように思ってなどいないことは、彼らの目を見れば明らかだった。以前と同じく冷ややかにソフィを見下ろす伯爵夫妻の目。蔑みを秘めたベリンダの目。彼らは親しげな笑みを浮かべ猫撫《ねこな》で声《ごえ》でソフィに話しかけながら、余計なことは言うなと無言の圧力をかけてくる。セオドアがソフィを見る目だけは他の三人と少し違っていたが、彼にじっと見つめられるたび、ソフィは正体の分からない不安をかき立てられずにはいられなかった。

なるべく伯爵家の人々と関わらずにいたいと思うのに、ソフィが真面目に給仕の仕事をこなし、王妃からの評価が上がれば上がるほど、給仕にかり出される機会も増え、彼らとの遭遇も増えていったのだった。

この二ヵ月の間にソフィの十七歳の誕生日はひっそりと過ぎ、季節は間もなく夏を迎えようとしていた。

この日、朝食を終えた後、ソフィは一人で薬草園の手入れをしていた。アルマは他の宮廷薬師から応援を頼まれて出かけている。

少し休憩を取ろうと、リンデンの木陰の椅子に腰掛けた。ゆるやかな風が頰を撫で、心地よいと感じた途端、強い眠気に襲われた。

五日後に、イザベル王妃の三十五歳の誕生日を祝う夜会が開かれる。それに向けて、白薔薇宮はいつも以上に活気に満ちていた。どの国から誰が訪れる予定になっているとか、来賓の誰それが素敵らしいという話は、侍女や女官達の間でもさかんに交わされている。

中でも一番の話題は、魔法大国ツァウバルから、王弟ジークベルトが来訪するというものだった。見目麗しい未婚の王弟にして、ツァウバルで一番の魔法使い。女官長から下働きまで、王宮中の女性が彼の訪れを今か今かと待ちわびている。そう言っても大げさではないくらい、ジークベルトは話題の中心だった。

同僚の侍女や女官達から距離を置かれているソフィの耳にも、ジークベルト来訪の噂は届いていた。

（ジークベルト殿下が、白薔薇宮にいらっしゃる……）

　九年前にソフィを助けてくれた美しい魔法使いのことは、ずっと心に残っている。「また会える気がするよ」という言葉とともに。期待などしてはいけないとどれだけ自分に言い聞かせても、忘れてしまうことはついにできなかった。

（もしかしたらお会いできるかも……。いいえ、期待しては駄目よ）

　ソフィは改めて自分に言い聞かせる。あれから九年もの月日が流れたのだ。ジークベルトはきっと、たった一度会ったきりの子どものことなど覚えてもいないだろう。ソフィだって、今となってはジークベルトの顔をはっきりと思い出すことはできない。ただ、風にたなびく銀色とソフィを見つめた紫色だけが、鮮烈に脳裏に焼き付いている。

（それに、ジークベルト殿下のことはベリンダ様が……）

　ジークベルトを婚約者にと望んでいたベリンダ。その強い関心は今も失われてはいないはずだ。下手に関わってベリンダの逆恨みを買うことは絶対に避けたかった。

　ソフィは無意識に、顔の左側に手をやる。

（あの時もそうだった……。だけど、遠目にお姿を見るくらいなら……）

　周辺国からはすでに続々と来賓が入国しており、その歓迎や交流のため、王宮では連日お茶会や夜会が開かれている。王宮に勤める者は皆忙しく立ち働いており、王妃の侍女を兼任するソフィも例外ではなかった。昨日も、昼間はお茶会、夜は夜会で給仕を務め、その合間にイザベル王妃に化粧も施した。近頃、毎回ではないものの、白粉だけでなく顔全体の化粧を担当させてもらえるようになったのだ。

夜会は深夜まで続き、ベッドに入ったのはすでに空が白み始めようかという時刻だった。アルマから午前中は休んで構わないと言われていたが、ソフィは薬師の弟子の仕事を疎《おろそ》かにしたくなくて、いつもと同じ時刻に起きて活動を始めた。

休みなく動いている間は平気だったが、椅子に座った途端、疲労感と眠気を自覚してしまった。珍しくクーもおらず、あたりには風が木の葉や薬草を揺らす音だけがさやさやと流れている。

(少しだけ……)

テーブルに突っ伏した直後にはもう、ソフィは夢の世界に落ちていた。

一面のラベンダー畑に、ソフィはいた。生い茂る緑の合間にしゃがみ、一心にラベンダーを摘んでいる。

隣には同じようにラベンダーを摘む母の姿。

夢の中だというのにラベンダーの紫色は鮮やかで、その香りは芳しい。

　懐かしさと愛おしさがこみ上げる。隣の母に微笑みかけると、母がふいに立ち上がった。

「ごめんね、ソフィ。お母さん、もう行かなくちゃ」

　母はそのまま、ソフィに背を向けて歩き出す。

（お母さん、どこに行くの？）

　慌てて呼びかけるが、母は振り返らない。

　母の向かう先に遠く、父の姿が見える。

（待って、わたしも一緒に……）

　追いかけようとしたが、ぬかるみにはまり込んだように足が重い。もがいているうちに母の背中はゆっくりと遠ざかっていく。

（お父さん……お母さん……！　わたしを置いて行かないで……！）

　涙で顔をぐちゃぐちゃにしながら、母の後ろ姿を追って必死に足を動かす。

（お母さん……待って……お母さん……）

　必死に伸ばした右手の指先が、ようやく母に触れ――。

「お母さん！」

自分自身の声で、ソフィの意識はゆるゆると浮上した。薄く目を開けると、滲んだ涙で視界がぼやけている。

一拍遅れて、ソフィは自分の右手が誰かの手を摑んでいることに気がついた。大きくて、温かな手。

「お母さん……？」

ぼんやりと視線を上に移動させたソフィは、小さく息をのんだ。

木漏れ日にきらめく長い銀の髪。ラベンダーのような紫の瞳が驚いたように見開かれている。

「良い魔法使い、さん……？」

呆然と呟いた刹那、強い風が吹き付け、ソフィはぎゅっと目を閉じた。

再び目を開けると、若い男がソフィを見下ろしていた。整った顔立ちの、すらりと背の高い男だ。年の頃は二十代半ばといったところだろうか。一つに束ねた長い髪と瞳は、深みのある焦茶色。

（あれ？　さっきは確かに……）

瞬きも忘れて見つめていると、男が形の良い唇に小さな苦笑を浮かべた。

「そろそろ離してもらってもいいだろうか」

「……え？」

言われてようやく、ソフィは男の手を握ったままだったことに気がついた。羞恥に頬が熱くなる。

「も、申し訳ありません！」

慌てて男の手を離し、椅子から立ち上がった。

「失礼いたしました。あの、寝ぼけていたみたいで……」

深々と頭を下げながら、徐々に血の気が引いていく。見かけぬ顔。仕立ての良い外出着にマントという出《い》で立《た》ちからして、王宮の使用人でないことは明らかだ。身なりの良さから察するに、貴族階級に属する人のように思われた。

しかも、服装や顔立ちにどことなく異国の雰囲気が感じられるところからすると、他国からの客人なのではないだろうか。どう考えても、平民であるソフィが不躾《ぶしつけ》に手を握っていい相手ではない。

「ああ、気にしないで。頭を上げてくれないかな」

柔らかな声音にほっと胸を撫で下ろし、ソフィはおずおずと顔を上げる。目が合うと男は形の良い目元を和らげた。その微笑みになぜか既視感を覚え、ソフィは小さく首を傾げる。

(どこかで……)

けれど浮かんだ小さな疑問は、続く男の言葉にたちまち霧散した。

「私の方こそ、君の夢の邪魔をしてしまったようだね」

からかうように言われ、再び頬に熱がのぼる。仕事中に居眠りをしてしまった上に、見知らぬ男性に寝顔を見られたかと思うといたたまれない。

「どんな夢を見ていたの？　泣いていたようだったけど」

そう言われ、慌てて目尻に溜まった涙を拭った。ますます恥ずかしくて、つい顔を俯けてしまう。

「あの、亡くなった母の夢を……」

「そう……。お母上のことを大切に思っているんだね」

「はい、大好きでした……」

どこか遠くに去ろうとする母を、必死に追いかけようとする夢だった。追いかけたいのに足が思うように動かず、母の後ろ姿がどんどん遠ざかっていく……。

再び悲しい気持ちに囚われそうになるのをどうにか堪え、ソフィは顔を上げた。

「あの、アルマさんにご用でしょうか？　あいにくアルマさんは留守にしているのですが……」

「ああ、いや。暇つぶしに散歩をしていたら迷ってしまってね」

勝手に入り込んですまない、と詫《わ》びてから、男は薬草園に目を向けた。

「いい薬草園だね。よく手入れされている。これは君が？」

「宮廷薬師のアルマさんの薬草園です。わたしはアルマさんの弟子で、お手伝いを」

「なるほど。そのアルマさんというのは優れた薬師のようだね。この薬草園を見れば分かるよ」

「はい、そうなんです！」

敬愛する師匠を褒められたのが嬉しくて、ソフィは顔を輝かせる。

「アルマさんはすごい方なんです！　薬草のことなら何でも知っていて、淹れてくれる薬草茶はどれも美味しくて元気になれます。王妃様からも信頼されていて――」

ソフィははっと我に返り口を噤んだ。

「あ、申し訳ありません、つい……」

初対面の、しかも異国の貴族と思《おぼ》しき男性の前でぺらぺら喋《しゃべ》るだなんて、常にはない自分の行動に戸惑ってしまう。男のまとう柔らかな雰囲気のせいだろうか。

「あの、お戻りになるのでしたらお送りしましょうか？　また迷ってもいけませんし

「……」

アルマの家と薬草園は、ただでさえ広大な白薔薇宮の中でも、木々が生い茂る道を抜けた先のはずれにある。慣れない者は迷いやすい。そう思って申し出たのだが、男は「いや」とにこやかに辞退した。

「君には君の仕事があるだろうし、来た道をのんびり戻るから大丈夫だよ。……では私はこれで」

「は、はい。お気をつけて」

柔らかな微笑みを残し、男は王宮に続く道へと足を向けた。背の高いその後ろ姿が徐々に遠ざかるのを、ソフィはその場で見送る。

(不思議と話しやすい方だったな……。そういえばお名前もお聞きしなかった。もし王妃様のお祝いのためにいらしたお客様だとしたら、近いうちにお茶会や夜会でお見かけする機会もあるかもしれない……)

自然とそんなことを考えている自分に気付き、ソフィは慌てて馬鹿げた考えを打ち消した。

(もう一度お会いしてどうしようというの？　あの方はおそらく貴族階級の方……いいえ、たとえそうでないとしても、わたしには関係がないわ。顔に火傷痕のあるわたしには……)

視線を落とし、思いを振り切るように身を翻した時、ふわりと男の残り香が鼻を掠めた。

「……お母さんの香り?」

振り返るが、男の後ろ姿はもう見えない。ソフィはぼんやりと、男が消えた道の先を見つめ続けたのだった。

薬草園を後にした男は、迷いのない足取りで来た道を戻り、自身に割り当てられた客室の前に帰り着いた。

扉の前では紅茶色の髪と目をした若い騎士が一人、何かを探すようにキョロキョロと周囲を見回している。

男は騎士に歩み寄ると、その肩にぽんと片手を乗せた。それで騎士はようやく男の存在に気付いたらしい。はっとした顔で振り向くと、眉を吊り上げた。

「あっ、やっと戻ってきた! もう、ずいぶん探したんですからね! 一人でうろうろしないでくださいと、いったい何度言えば分かってもらえるんでしょうかね。将来俺が禿《は》げたら絶対あなたのせいですからね！」

「いやぁ、ごめんごめん。でもギードが禿げるとしても、それは私のせいではなく血筋なんじゃないかな？　ほら、ギードのお父上も兄上達も……」

「言っておきますけど、母方の祖父は死ぬまでふっさふさだったし、俺は子どもの頃からじいさんにそっくりだって言われてたんですからね！」

騎士は渋い顔でくどくどと苦情を並べ、男はそれを苦笑いで宥めながら、二人揃って客室の中へと入る。

「ともかく、心配をかけてすまなかった、ギード。このとおり、特に問題はないよ」

男が笑顔で両手を広げて見せると、騎士はこれみよがしにため息をついた。

「そりゃそうでしょうよ。あなたの身の心配なんか、これっぽっちもしてません」

「ひどいなぁ。少しは心配してくれてもいいんじゃない？　ギードは私の護衛騎士なんだから」

男の言葉に、騎士はジトリとした目つきになった。

「俺が護衛騎士だということをお忘れでないなら、その俺を置いて勝手に動き回らないでいただきたいものですね。まるで俺がサボってるみたいに見えるじゃないですか。心配？　するわけないでしょう。あなたに害をなせる人間が、この世に何人いると思ってるんですか」

「おや、ギードなら可能だろう？」

「剣だけの勝負なら、かろうじてね。魔法を使われたらお手上げですよ。なんたって、認識阻害の魔法を使われただけで姿を見失ってしまうくらい、あなたと俺とでは魔力差があるんですからね」

ひょいと肩を竦めてから、騎士は表情を改めた。

「それで？　入国早々、認識阻害で姿を消して、どちらに行かれてたんです？」

「この王宮内で魔力の残滓《ざんし》らしきものを感じたのでね、辿ってみたんだ。敷地のはずれで薬草園と……面白い少女を見つけたよ」

「少女、ですか？　珍しいですね、あなたが女性に興味を持つなんて」

「ふふ、お母さんだって。この私に向かって」

「はぁ？」

「その上、顔に正体不明の魔力を帯びていた」

男が、すっと笑みを消した。途端に男のまとう空気が冷たさを帯びる。

「顔に魔力を……？」

騎士が眉間に皺を寄せた。

「『奴』と何か関わりがあるんでしょうか？」

「さぁ、どうだろうね。『白き薔薇の宮殿にて求める者を得る』。先読みに従ってはるばるやって来たわけだけど、我々が追うあのはぐれ者を、今度こそ捕らえることができるといいのだけどね」

「ええ。奴が塔から姿を消して十二年になります。これ以上あの犯罪者をのさばらせておくわけにはいきませんからね」

真面目な顔で頷いてから、騎士は訝しげに片眉を上げた。

「ところでその色、なんか落ち着かないんですけど。いつまでそのままでいらっしゃるんです？　ジークベルト殿下」

「ああ、そうだ、忘れていたよ。例の少女に気付かれてね、咄嗟に色を変えたんだった。……そう、気付かれたんだよ、眠っているようだったのに、いきなり手を掴まれた。ちゃんと認識阻害の魔法をかけていたのに」

男がパチンと指を鳴らす。長い焦茶の髪が、一瞬のうちにその色を銀に変えた。

「暴かなければならないね。彼女の顔に、何が隠されているのか……」

鮮やかな紫色の瞳を鋭く細め、男は楽しげに口の端を上げた。

翌日の昼下がり。王宮内の庭園に作られた温室は、甘い柑橘の香りと華やかな空気で満ちていた。今日のお茶会のために用意されたテーブルセットでは、花々に負けじと美しく着飾った令嬢達がお喋りに興じている。

ソフィは同僚の女官達と共に、色とりどりのドレスの隙間を縫うようにティーワゴンを押して回る。空いたティーカップがあれば紅茶のおかわりを勧め、デザートスタンドの焼き菓子が減っていれば補充する。歓談の邪魔をしないよう、静かに、目立たぬように。

一段落ついてソフィが壁際に下がった時、上座のテーブルで上品な笑い声が上がった。

「ほほ、ジークベルト殿は本当にお上手でいらっしゃること」

扇子の影で上機嫌な笑みを浮かべるのは、お茶会の主催者である、カナル王国王妃イザベルである。その妖艶な眼差しは、隣に座る異国の客人に注がれていた。

ジークベルトと呼ばれた見目麗しい青年は、きらめく銀の髪に紫色の瞳を持つ、北の魔法大国ツァウバルの王弟である。

身にまとうのは仕立ての良いスーツ。その上に羽織ったマントには、銀の糸で美しい刺繍《ししゅう》が施されている。形の良い耳を銀の耳飾りが彩り、胸元では植物をモチーフにしたと思われる三連のペンダントが神秘的な輝きを放っている。

ジークベルトは四日後に開かれるイザベル王妃の誕生祝いの夜会に、ツァウバル王国を代表して出席するため、昨日からこの王宮に滞在しているのだった。

「おや、お世辞と取られるとは心外です。イザベル王妃殿下の前では、この薔薇の花ですら色褪せてしまう。ほら、このように……」

言いながら、ジークベルトはテーブル上の花瓶から深紅の薔薇の蕾を一つ抜き取り、片手をかざした。

すると蕾が微《かす》かに震え、ゆっくりと開き始めた。見る間に満開に咲いた薔薇はさらに開き、ついに限界を超えてはらはらと花弁を散らした。

「まぁ……」

王妃や令嬢達から、ため息混じりのどよめきが起きる。ジークベルトは口元に微笑みを湛えたまま、形の良い眉をわずかに下げた。

「ああ、申し訳ありません。美しい花を散らしてしまうなど、無粋な真似をいたしました。どうかこれでご容赦を……」

ジークベルトはテーブル上に散らばる深紅の花びら達を指差し、楽団で指揮を執るように宙で指を動かした。それに呼応するように、花びら達がにわかに淡い光をまとい始めた。ふるふると震えたかと思うと、ゆっくりと宙に浮かび上がる。

イザベル王妃が身を乗り出した。ソフィも遠い壁際で、息を詰めて見入る。

皆が固唾を呑んで見守る中、花びら達はくるくると踊るように宙を舞い、ジークベルトの持つ薔薇の茎の先端に集まる。まるで時を巻き戻すように花びらは薔薇の花を形作り、もっとも美しい瞬間にその動きを止めた。

先ほどよりも大きなどよめきが起きる。

「これをイザベル王妃殿下に。時を止める魔法をかけてあります。殿下と同じく、永遠に色褪せないことでしょう」

ジークベルトが恭しい仕草で満開の薔薇の花を王妃に差し出す。淡い光をまとう薔薇を受け取ったイザベル王妃は、少女のように目を輝かせた。

「お見事でしたわ！　なんて素敵なお誕生日プレゼントなのでしょう！」

王妃が手を叩いたのを合図に、令嬢達から一斉に拍手が湧き起こった。

「素晴らしかったですわね！」

「あれが魔法というものですのね！　わたくし初めて拝見しましたわ！」

「わたくしも。息をするのも忘れて見入ってしまいましたわ！」

令嬢達が口々に賞賛の声を上げる。興奮と憧憬の眼差しがいっせいにジークベルトに注がれた。

その中にベリンダ・クラプトンの姿もあった。輝く金の髪を結い上げ、瞳と同じ濃い青色のデイドレスを身にまとったベリンダは、集まった令嬢達の中でもひときわ美しい。その白く滑らかな横顔から、ソフィはそっと視線を逸らした。

「久しぶりにジークベルト殿の魔法を目にすることが叶いましたわ。皆もあなたに釘付けでしてよ」

イザベル王妃が満足そうな笑みを浮かべる。

「それにしても、普段はお国に籠って滅多に他国には出ていらっしゃらないのに、今回はどういう風の吹き回しかしら？」

「もちろん、敬愛するイザベル王妃殿下のお誕生日をお祝いするためですよ。それと、実はもう一つ……」

ジークベルトは内緒話をするようにイザベル王妃に顔を寄せた。

「先読みの魔法で、興味深い結果が出たのです。このカナル王国で運命の出会いがある、と」

「まあ、それは本当ですの？」

　イザベル王妃の声に喜色が混じる。聞き耳を立てていた令嬢達からも歓声のようなざわめきが起きた。

「数々の浮き名を流してきた稀代《きたい》の色男も、ついに身を固める時が来たというわけですのね」

「浮き名だなんて、誤解ですよ」

「あら、我が国にまで噂が届いていますよ。ツァウバルでは年頃の娘は皆、一度はあなたに恋をすると」

「とんでもない。ただの噂です」

「それなのにジークベルト殿ときたら、どんな美女にも本気にならず、いまだに独り身で過ごしていらっしゃると。お兄様――ツァウバルの国王陛下も心配なさっているのではなくて？」

　ジークベルトは小さく苦笑いを浮かべた。

「早く身を固めろと、顔を合わせる度に小言を言われますよ。お前ももう二十七なんだぞ、とね」

「そうでしょうとも。そんなジークベルト殿の運命の女性が我がカナル王国にいるだなんて、なんて喜ばしいことでしょう。どうかしら、この中に誰か気になる娘がいて？　いずれも家柄、容姿ともに申し分のない令嬢達でしてよ」

「この中に、ですか」

ジークベルトの目が令嬢達へと向けられる。令嬢達はそわそわと期待に満ちた表情でジークベルトに注目している。

「そうですね……」

給仕の女官達までもが浮き足立った雰囲気をまとう中、ジークベルトの視線がゆっくりと令嬢達の上を滑っていく。その動きに合わせて令嬢達の熱気が波のように広がる。

皆と同じようにジークベルトに注目しながら、ソフィは皆とは全く別のことを考えていた。

（似ている……昨日の方に……）

末席のテーブルを担当するソフィと上座のジークベルトとの間には、かなりの隔たりがある。遠目に見るジークベルトの姿が、薬草園に迷い込んできた男と似ているように思えてならないのだ。

（顔立ちも、長い髪も……。まさか昨日の方はジークベルト殿下だったの？　だけど、目と髪の色が全然違うわ。それに雰囲気も……）

うまく言えないのだが、昨日の男から感じた不思議な親しみやすさのようなものが、この美貌の王弟からは感じられないのだ。

（礼儀正しい……けれど冷めた目をしていらっしゃる……）

運命の女性を探しに来たにしては、令嬢達を見渡す目には熱が籠っていない。

そう感じたのは、ソフィ自身もまた冷めているからだろう。一介の使用人の身で美貌の王族に見初められるだなんて、そんな物語のようなことを夢見たりはしない。

（……もしも火傷痕がなければ、わたしも夢くらいは見たのかしら。皆のように……）

ソフィは小さくかぶりを振る。

（もしもなんて、考えても仕方がないわ。もう一度ジークベルト殿下のお姿を遠くから見ることができた。それだけで充分……）

そんなことを考えていると、不意に紫の瞳と視線がぶつかったような気がした。アメジストのような紫の瞳。美しいが、どこか冷たい。咄嗟に目を逸らすこともできないでいるうちに、ジークベルトの視線はあっさりとソフィから離れていった。

令嬢達全員を見回してから、ジークベルトは整った微笑みを浮かべた。

「皆さんお美しい方ばかりで、この中から誰か一人を選ぶことなどとてもできそうにありませんね」

　ピンときた者はいないと暗に告げる答えに、会場の令嬢達から残念そうなため息が漏れる。イザベル王妃もまた口惜《くや》しそうにわずかに眉を寄せたが、すぐに気を取り直した様子でジークベルトに笑みを向けた。

「まぁまぁ。運命の相手と言っても、そのように一瞬で分かるものでもないでしょう。ジークベルト殿が帰国されるまであと四日、彼女達と親交を深める時間はまだまだたっぷりありましてよ。無事に運命の相手が見つかることを願っておりますわ」

　ここに集められた令嬢達の誰かがジークベルトに見初められる。それをイザベル王妃が期待していることは明らかだった。元々このお茶会には、そういう狙いで家柄の良い未婚の令嬢ばかりが集められているのだ。

　世界でも稀な、魔法の存在する国、ツァウバル王国。魔法の力は血筋によるところが大きいため、一流の魔法使いであるツァウバルの王族が、魔力を持たない他国の者と婚姻を結ぶことは滅多にない。

　普通であれば政略結婚が望めない国の王族と、自国の貴族が縁続きになれるまたとない機会。実現すれば、カナル王国に大きな利益をもたらす可能性が高い。イザベル王妃が期待するのも無理はない話だった。

イザベル王妃の言葉を受けて、令嬢達の顔に再び希望の色が浮かんだ。

「ジークベルト殿下は、祝賀の夜会以外の夜会にも出席されるのかしら？」

「もしそうなら、わたくしも参加しなくては。ぜひダンスをご一緒したいわ」

「ずるいわ、わたくしも」

「昼間はどのようにお過ごしなのかしら？　ご予定がお決まりでないならぜひ我が家のお茶会にご招待したいわ」

「あら、それならわたくしの家にも……」

会場のそこかしこで、そんな会話が交わされる。

それが耳に入っているのかいないのか、ジークベルトは整った微笑みを浮かべたまま、イザベル王妃に顔を向けた。

「ところで王妃殿下、無礼を承知でお尋ねするのですが……本日、殿下のお化粧を担当したのはどなたですか？」

ソフィの心臓がドキリと跳ねた。イザベル王妃は虚を衝かれた様子で目を瞬く。

「まあ……ずいぶんと妙なことをおっしゃいますのね。それは、例の先読みと関係がありまして？」

「今はまだ、なんとも」

微笑みを浮かべたまま、ジークベルトが小さく首を傾げて見せる。イザベル王妃はわずかな思案の後に、赤い唇で弧を描いた。

「よろしくってよ。特別に教えて差し上げましょう。……ソフィ！」

イザベル王妃が高らかにソフィの名を口にする。

「ソフィ・クラプトン、こちらにいらっしゃい」

令嬢達が一斉に壁際のソフィを振り返った。ジークベルトもまた、紫の目をソフィに向ける。

女官らしい無表情を保ちながら、ソフィは苦しいほどに胸がざわめくのを感じずにはいられなかった。もう少しだけジークベルトの近くにと、そう願う気持ちが全くなかったと言えば嘘になる。けれどこんなふうに皆の注目を集めることは、ソフィの望むところではなかった。それでなくてもソフィは、瑕疵《かし》のある平民のくせに分不相応にも王妃に取り入ったと、一部の令嬢や女官達から陰でやっかみを受けているのだ。

気は進まないが、主人である王妃の指示を拒めるはずもない。ソフィは「はい」と小さく答え、急ぎ足でイザベル王妃とジークベルトのもとに向かった。

顔を俯けていても、令嬢達の視線が刺さるのを痛いほどに感じる。その多くは好意的とは言えないもの。とりわけベリンダからの視線は、茨のように棘《とげ》々しくソフィに絡みついてきた。

「ソフィ・クラプトンでございます。お召しにより参りました」

イザベル王妃とジークベルトの前で深く腰を落とす。

「本日わたくしにお化粧をしたのはこの子ですわ。ソフィ、顔をお上げなさい」

言われたとおりに顔を上げ、ソフィは小さく息をのんだ。

ジークベルトがまっすぐにソフィを見つめている。その神秘的な紫の瞳と視線が絡んだ瞬間、ふっと周囲の雑音がかき消えた気がした。それ自体が何か魔法の力を帯びているかのように、紫の瞳から目を逸らすことができない。

ソフィの胸の奥に仕舞い込まれていた、良い魔法使いの記憶。幻のようにおぼろげになっていたその姿はにわかに確かな輪郭を取り戻し、目の前の美しい男にぴたりと重なった。

（本当に、もう一度お会いできた……）

じわりと、静かな感慨がこみ上げる。

その時、ジークベルトからふわりと甘い香りが漂ってきて、ソフィははっと目を見開いた。

（この香り、やっぱり昨日の方は……）

ソフィの戸惑いに気付いているのかいないのか、ジークベルトはソフィを見つめたまま口元に美しい微笑みを乗せた。

「こんにちは、ソフィ嬢。クラプトンというと……では君はクラプトン伯爵家のご令嬢なのかな？」

「クラプトン伯爵の娘はわたくしですわ」

ソフィが口を開くより早く、別のテーブルから声が上がった。ベリンダだ。イザベル王妃がにこりと笑みを浮かべ、ベリンダに顔を向ける。

「ベリンダ、せっかくですからあなたもこちらにいらっしゃいな」

王妃に手招きされたベリンダは、ゆったりと胸を張って進み出てくる。ソフィの半歩前に立ち、優雅に淑女の礼を披露した。

「クラプトン伯爵家が長女、ベリンダでございます。再びお目にかかれて光栄に存じますわ、ジークベルト殿下」

ジークベルトを見つめるベリンダは、頬を薔薇色に染め、青色の瞳をうっとりと潤ませている。

「あら、ジークベルト殿はベリンダと面識がおありでしたの？」

「ええ、九年ほど前に一度。それにしても……」

ジークベルトはソフィとベリンダを見比べ、小さく首を傾げた。

「お二人は姉妹……にしてはずいぶん雰囲気が違いますね」

明るい金の髪にぱっちりと大きな瞳のベリンダに対し、ソフィは漆黒の髪に涼やかな目元。深い青の瞳だけは共通しているが、二人の印象はずいぶん異なっている。

「二人は従姉妹同士ですのよ」

ジークベルトの疑問に答えたのはイザベル王妃だった。

「ソフィは、こちらのベリンダの父親――クラプトン伯爵の実の兄の子なのです。ソフィの父親は身分違いの女性と駆け落ちをして家を出ていたのだけど、ソフィが幼い頃に両親そろって馬車の事故で亡くなりましてね。残されたソフィを哀れに思ったクラプトン伯爵が、引き取って我が子同然に育てたのですよ」

クラプトン伯爵家が社交界に流した噂を、王妃もまた信じ込んでいるらしい。同意を示すように、ベリンダが深く頷いた。

「ですからソフィは、身分としては平民ということになりますわ。けれど幼い頃から一緒に育ちましたので、わたくしは実の妹のように思っておりますのよ。ね、ソフィ？」

ベリンダが首を傾け、ソフィに優しげな微笑みを向ける。ソフィはその視線を避けるように目を伏せた。

「もったいないことでございます、ベリンダ様」

「まぁいやだわ、ソフィったら。そんな他人行儀な呼び方。いつものようにお義姉様、と呼んでちょうだい？」

「……はい、お義姉様」

いつも、とはいつのことだろう。祖母が亡くなって以降、ベリンダを姉と呼んだことなど一度もないというのに。そう思いつつも、ソフィは大人しく従う。ベリンダの意に添わないことをすれば、後でどんな仕打ちを受けるか分かったものではない。今こうやってソフィがジークベルトの視界に入っているというだけでも、腸が煮えくりかえるほど気に食わないに違いないというのに。

「どうかしら、ジークベルト殿。ベリンダは美しい娘でしょう？　我が国の社交界でも指折りでしてよ」

イザベル王妃がベリンダを褒めそやす。あわよくば、との思いがあるのだろう。イザベル王妃にとってクラプトン伯爵家は建国以来の忠臣であり、ベリンダはその家の娘——それもとびきり美しい娘なのだ。

ベリンダも自信に満ちた表情でジークベルトを見つめている。ジークベルトはそんなベリンダにちらりと目をやると、口元に整った微笑みを浮かべた。

「ええ、まるで薔薇のようなご令嬢ですね」

「まあ、嬉しゅうございますわ」

ベリンダがうっとりと頬を染めた。

先ほどから、会話はソフィを置いてきぼりにして進んでいる。このまま気配を消して御前を退くわけにはいかないだろうか。そう思い、そっと足を引きかけたソフィだったが、ジークベルトの視線に縫い留められて動きを止めた。

「それで、そちらのソフィ嬢なのですね、王妃殿下のお化粧を担当したのは」

「ええ。腕が良いので重宝しておりますの。彼女の手にかかればクマもシミも魔法のように消えてしまいますのよ。……あら、魔法のようにだなんて、魔法大国の王弟殿下の前で大袈裟《おおげさ》でしたわね」

「いえ、それほど見事な腕前ということなのですね。どうでしょう、ぜひ一度、ソフィ嬢が化粧をするところを拝見したいのですが、機会を設けていただけませんか？」

いったい何を言い出すのだろうかと、ソフィはわずかに瞳を揺らす。それはイザベル王妃も同じだったらしく、怪訝そうに眉を寄せた。

「まあ……お化粧に興味がおありですの？」

「ああ、いえ、姪の王女が年頃でして、貴国の流行に興味津々なのです。ファッションの最先端は何と言ってもカナル王国ですから。そのカナルの社交界を牽引《けんいん》するイザベル王妃殿下の美の秘訣《ひけつ》を、ぜひ我が国にもお裾分けいただけると嬉しいのですが……」

ジークベルトの褒め言葉に、イザベル王妃は相好を崩した。

「あら、そういうことでしたら。このお茶会の後、晩餐《ばんさん》会までの間にお時間がありますから、場を設けましょう。ソフィ、我が国の威信をかけて、しっかりと務めるのですよ」

イザベル王妃は上機嫌でそう請け負ったが、ソフィは気が進まなかった。貴族でもないただの女官に、国の威信など背負えるはずがない。

それに、ジークベルトの説明もいまいち腑《ふ》に落ちない。

ジークベルトのまとう香りで確信した。昨日、薬草園で出会った男はやはりジークベルトだったのだと。髪と目の色は全く違うが、姿を変えることなど、きっと魔法使いにとっては造作もないことなのだろう。

九年前に会ったことは覚えていないとしても、昨日も一度顔を合わせているというのに、そんなことはおくびにも出さず素知らぬ顔で微笑むジークベルトは、ソフィが化粧をするところを見たいと言う。

（いったい何を考えてらっしゃるの……？）

戸惑いは深まる一方だが、拒否するという選択肢はなかった。ソフィにとって、イザベル王妃の命令は絶対なのだ。

「承知いたしまし――」

「まあ、良かったわね、ソフィ！」

ソフィの言葉に被《かぶ》せるように声を発したのはベリンダだった。

「顔の火傷痕のせいで辛い思いもしてきたでしょうけど、あなたの努力がこうして認められて、わたくしも義姉として誇らしいわ！」

「顔に、火傷痕が……？」

ソフィを見つめるジークベルトの目が、すっと細められる。ソフィの胸の奥がひやりと冷えた。

（大丈夫、ちゃんと隠せてるはず。こんな視線には慣れてる……）

目を伏せ、そう自分に言い聞かせる。

「ええ。可哀《かわい》そうにソフィは幼い頃、誤って頭から熱い紅茶をかぶってしまいまして……顔の左側に大きな火傷痕があるのです。頬から額にかけて、燃え上がる炎のような形の大きな火傷痕が。お化粧で綺麗に隠しておりますでしょう？　ソフィの努力の賜物ですわ。わたくし、そんな義妹を心から誇らしく思っておりますのよ」

ベリンダは慈愛に満ちた微笑みを浮かべる。その目は熱心にジークベルトに向けられていて、ソフィのことなど見てもいない。

にわかに体の熱が上がり、脈が速くなる。ほとんど消えていたはずの火傷痕の痛みがヒリヒリと甦る。

（可哀そう……？　誇らしいですって？　あなたが……よりによってあなたがそれを言うの……!?）

そう、口にできたらどんなにいいだろう。ベリンダがこうして「優しい義姉」の顔でソフィの火傷痕のことを触れ回るたびに、ソフィは叫び出したい気持ちにかられる。けれどそれは決して叶わない。言い返したいと、そう思うだけで息が苦しくなり、結局一言も発せずに終わってしまうのだ。

（怒っても無駄……。やり過ごすのよ、いつものように……）

ソフィは乱れた脈を整えるため、密《ひそ》かに深呼吸を繰り返す。

「顔の火傷痕は不幸なことですけど、そのおかげでこのような栄誉に恵まれたと思えば、かえって幸運だったと言えるかもしれませんわね」

ベリンダの言い分に、頭の芯がくらりとした。握りしめた手の平に爪が食い込む。

確かに、平民の身分でありながら王妃の化粧係に抜擢されるほど化粧に習熟したのは、火傷痕を隠すために研究と練習を重ねたからだ。肌を整えるための化粧品を手作りし、アルマが与えてくれた何種類もの白粉や色粉を使い、何百通りものやり方を工夫した。そんな努力の末、見た目には分からないほど綺麗に火傷痕を隠すことができるようになった。

けれどその甲斐なく、ソフィに醜い火傷痕があることは、いまや宮廷中に知れ渡っている。ベリンダをはじめとするクラプトン家の人々が、事あるごとに火傷痕のことを話題に出すからだ。

そうしてクラプトン伯爵家の人々は「傷物の娘を引き取って慈しむ人格者」としてますます尊敬され、一方のソフィは好奇と憐憫《れんびん》と侮蔑の視線に晒されてきた。

「……ああ、確かに。あなたが言うのも一理あるかもしれませんね」

ベリンダに同調するような言葉がジークベルトの口から出る。その目に浮かぶ色は好奇でも憐憫でも侮蔑でもなかったのだが、俯いて拳を握りしめるソフィが気付くことはなかった。

お茶会がお開きになって間もなく、ソフィは王宮内の応接室でジークベルトと向かい合っていた。

ジークベルトの背後には、護衛騎士と思しき紅茶色の髪の若い男が無表情で立っている。先ほどのお茶会でも、ジークベルトのそばで置物のように気配を消していた。

ソフィの目の前のローテーブルには、愛用の化粧箱が置かれている。イザベル王妃の命により、ジークベルトに化粧を実演して見せる場が設けられたのだ。

「それではさっそく始めてもらいましょうか。どなたか、モデルになっていただきたいのですが」

ソフィの周囲、ジークベルトが視線を向けた先には、お茶会にも参加していた令嬢達数名の姿があった。当然のようにベリンダもいる。「わたくしもぜひ拝見したいですわ」とベリンダが言い出し、イザベル王妃が許可したのだ。そこにベリンダの取り巻き達が便乗した形だ。

ジークベルトの言葉に、集まった令嬢達は戸惑った表情で顔を見合わせた。

「モデル、ですか……？」

「ええ。皆さんはソフィ嬢の化粧技術に関心がおありなのでしょう？　ソフィ嬢の化粧を体験できる絶好の機会だと思いますが」

「それはまぁ、そうなのですが……」

爽やかに微笑むジークベルトに対し、令嬢達の反応は鈍い。いつもは進んで前に出てくるベリンダも無言を貫いている。

「もちろん関心はあるのですけど……ねぇ」

「あなた、立候補なさったら？」

「あらそんな、あなたこそ」

ひそひそ声で押し付け合う令嬢達を横目に見て、ソフィは「よろしいでしょうか」とジークベルトに発言の許可を求めた。

「差し支えなければ、わたし自身でモデルを務めさせていただきます」

「君が？」

「はい。モデルをするとなれば、一旦お化粧を落とし、殿下の御前に素顔を晒すことになります。お嬢様方には酷なことと存じます」

令嬢達があからさまにホッとした表情を浮かべる。ベリンダにしても他の令嬢達にしても、本当に関心があるのはソフィの化粧技術などではなくジークベルトなのだ。

「……いいの？　顔に火傷痕があるんでしょう？」

「問題ございません」

ソフィはまっすぐにジークベルトの瞳を見つめ返した。本音を言えば、他人に火傷痕を見られたくはない。だからこそ化粧の腕を磨いてきたのだ。高貴な人々の前で醜い顔を晒すのは特に勇気がいる。

（だけど、これはチャンスかもしれない……）

ソフィは十七歳にしてすでに、恋愛も結婚も諦めている。化粧で火傷痕を隠し、王妃の侍女になって三ヵ月。初めの頃は、涼やかで整った顔立ちのソフィに好意を向けてくれた男性がいないわけではなかった。けれどベリンダと再会した頃から、ソフィに言い寄る男性はいなくなった。火傷痕の噂が広まったせいだろう。

もちろん、クラプトン伯爵家がソフィにまともな嫁ぎ先を用意するはずもない。ソフィはクラプトン伯爵家に引き取られたが、正式な養女になったわけではない。伯爵家にとってソフィは、政略結婚の駒にできるわけでもない、価値のない娘なのだ。

ソフィの一番の望みは、クラプトン伯爵家から離れて生きていくこと。そのためにも、イザベル王妃からの絶対的な信頼を勝ち取りたい。クラプトン伯爵家がソフィを連れ戻そうとしても拒めるだけの後ろ盾が欲しいのだ。

賓客であるジークベルトからの評価は、イザベル王妃の評価に直結するはずだ。ジークベルトの前に火傷痕を晒し、それを綺麗に隠してみせることができたなら、これ以上ないアピールとなるに違いない。

ジークベルトの思惑はいまだに不明ながら、ソフィは前向きに気持ちを切り替えていた。

「では、始めさせていただきます」

鏡台の前に移動し、背後に立つジークベルトに鏡越しに宣言した。

まず緑色の小瓶を手に取り、中のオイルを手の平の上にたっぷり垂らす。両手で挟むようにして温めていると、「爽やかな香りだね」とジークベルトが言った。

「オリーブオイルに、ローズマリーの精油を混ぜているのです。気持ちがすっきりしますし、肌を美しくする効果も期待できます」

「君が作ったの？」

「はい。なるべく肌に良いものをと思いまして」

化粧の練習を始めた時、これまで以上に肌の手入れに力を入れるよう、アルマから助言を受けた。白粉にしても色粉にしても、使い続ければどうしても肌に負担をかけてしまうのだという。

それでソフィは、化粧の練習に励む傍ら、化粧落としを含む新たな化粧品の製作にも取り組んだのだ。出来上がった化粧品はもちろんイザベル王妃にも献上している。

ソフィは、手の平で温めたオイルを顔全体に広げた。ごく弱い力でくるくると円を描くように肌を撫でる。充分に馴染ませてから、ぬるま湯に浸したガーゼ片でオイルを拭き取る。

続いて洗面器に張ったぬるま湯で石鹸を泡立てる。カレンデュラの花を漬け込んだオリーブオイルで作った石鹸は、はちみつ入り。しっかり泡立てたら顔に乗せ、肌の上を優しく滑らせる。そしてまたガーゼで拭き取る。そうして、鎧《よろい》のようにソフィを守る化粧を、丁寧に剝がしていく。

何枚ものガーゼを使い、全ての化粧を拭い去った時、鏡の中にソフィの素顔が露《あら》わになった。見守っていた令嬢達から、小さな悲鳴混じりのざわめきが起きた。

透き通るような白い肌、涼やかな青の瞳を縁取る長い睫毛、形の良い細い眉、頰はほんのりと紅色に染まり、慎ましやかな唇は艶やかに色づいている。気品を感じさせる美しい顔立ちだ。化粧を施した顔よりもむしろ華がある。普段は化粧であえて地味な印象にしているのだ。

けれど、令嬢達の中でそのことに気付いた者はいなかった。皆、ソフィの顔の火傷痕に意識を持って行かれていたからだ。顔の左半分、頰から額にかけて、燃え上がる炎のような赤い火傷痕が、くっきりと浮かんでいる。その他全ての美しい部分を台無しにする、醜い火傷痕だった。

「まあ……話には聞いておりましたけど、あんなに酷いなんて」

「ええ、驚きましたわ……」

令嬢達が眉をひそめて囁き合う。その目に浮かぶのは、憐《あわ》れみ、嫌悪、我が身でなくて良かったという安堵、そして優越感。覚悟の上とはいえ、いたたまれない気持ちになる。

だが、鏡越しにソフィの顔を見つめるジークベルトの瞳の色は、そのどれとも違っていた。真剣な、何かを見極めようとするような色。

（なんだろう、不思議な色……）

思わず見つめていると、視線に気付いたジークベルトがふわりと微笑んだ。

「ソフィ嬢、君の勇気に敬意を表するよ。……さあ、続きをお願いできるかな？」

「かしこまりました」

頷き、ソフィは化粧水の入った青色の小瓶を手に取った。

「まずは化粧水とクリーム、それから保湿オイルで肌を整えていきます。ここを丁寧にすることで、白粉の仕上がりが違ってくるのです。時間がある時はさらにパックもするのですが、本日は省略させていただきます」

説明しながら、化粧水をガーゼにたっぷりと染み込ませ、肌に塗っていく。化粧水は手の平で馴染ませてもよいが、ガーゼを使った方が顔全体に行き渡らせることができる。ラベンダーのチンキを中心にブレンドした化粧水の香りがふわりと広がり、ソフィの気持ちを落ち着かせてくれる。

「……落ち着く香りだね」

穏やかな声でそう言ったのはジークベルトだった。

「ラベンダー、ローズマリー、ミント、ローズ、それからレモンピールとオレンジピール、かな？」

「……！　はい、そのとおりです」

ほんの少し香りを嗅いだだけで完璧に言い当てられ、ソフィは驚く。

（すごい。アルマさんですら全ては分からなかったのに。ツァウバル王国の魔法使いが薬草に詳しいというのは本当なんだ……！）

心地よい高揚感を覚えながら、化粧水に続いてクリーム、保湿オイルを塗り、肌にたっぷりと潤いを与えていく。ジークベルトは頷きながら、ソフィの手元と顔に熱心に視線を注ぎ続けている。予想外の真剣な表情に、ソフィも自然と背筋が伸びた。

「これから白粉を塗っていくのですが、その前にこの色粉を塗ります」

ずらりと並ぶ色粉の一つを取り出して見せると、ジークベルトが「これを？」と驚いた様子で目を瞠った。周囲で見守る令嬢達もざわざわと囁きを交わし合う。

「緑……ですわよね？」

「本当にあんな色を顔に塗るつもりですの？」

「綺麗になれるとは思えませんけれど……」

令嬢達の疑わしげな視線を受けながら、ソフィは色粉を手の甲に乗せる。粉状のままではすぐに落ちてしまうため、色粉はオイルと水を混ぜて練粉にしてある。これを薬指の先に少量つけ、優しくポンポンと赤い火傷痕の上に乗せていく。

白粉だけでは隠せない火傷痕。色粉で目立たなくできないかとあれこれ試した結果、緑の色粉が最も赤い火傷痕を隠してくれることを発見したのだ。

緑の色粉を丁寧に丁寧に火傷痕の赤みに馴染ませる。ただしこれだけで火傷痕が隠せるわけではない。さらに色味の異なる数種類の練白粉を使い、肌の色を整えるのだ。

（火傷痕がすっかり消えますように。透明感のある綺麗な肌になりますように……）

そう念じながら、海綿と指を使い分け、丁寧に時間をかけて白粉を重ねていく。最後に、仕上げ用の粉白粉を顔全体にふわりと乗せた。

「白粉はこれで完成です」

ブラシを置き、ソフィはまっすぐに顔を上げた。醜い火傷痕はすっかり消え去り、滑らかな白い肌は淡い輝きを帯びているかのようだ。

「……美しいな……」

背後に立つジークベルトから、吐息混じりの呟きが漏れる。ソフィの心臓がドキリと跳ねた。

一度深呼吸し、気持ちを切り替える。

「ここから仕上げに入ります」

眉、目、口紅、頬紅。この辺りの化粧については、ヘレナ達、他の化粧係と比べるとまだまだ未熟だという自覚がある。ソフィは、今持てる最大限の力で、残りの化粧に取り組んだ。

「……これで全て完成となります」

紅筆を置き、鏡の中のジークベルトにうかがうような視線を向けると、魅入られたようにソフィを見つめるジークベルトと、鏡越しに目が合った。

我に返ったように紫の瞳を瞬かせ、ジークベルトは真剣な表情から一転、礼儀正しい微笑みに戻った。

「ありがとう、ソフィ嬢。素晴らしいものを見せてもらったよ。本当に見事な腕前だ。できることなら我が国に引き抜きたいくらいだよ」

「こ、光栄に存じます……」

ジークベルトが盛大に手を打ち鳴らし、令嬢達からもパラパラと拍手が送られる。

予想外の賛辞に、ソフィの頬にぽっと熱が灯った。

気恥ずかしさに俯くソフィの横顔を、ベリンダが顔を歪めて睨みつけていた。

「ソフィ」

化粧の実演を終え、部屋を片付けて女官の控室に戻る途中、廊下を歩いていたソフィは、声をかけられてびくりと肩を震わせた。振り返ると柱の陰にベリンダが立っていて、その美しい顔に整った笑みを貼り付け、ソフィを手招いている。

「お疲れさま、ソフィ。あなたの化粧の腕はたいしたものね。驚いたわ」

「あ、ありがとうございます……」

思いもよらないベリンダからの言葉に、ソフィは戸惑った。珍しいこともあるものだと思った次の瞬間、ソフィを見つめるベリンダの青い目が凍り付きそうなほど冷ややかなことに気がついた。

「でもね、勘違いしては駄目よ、ソフィ」

可愛らしく小首を傾げ、ベリンダが猫撫で声でソフィの顔を覗き込む。右手に握った扇子を左の手の平に打ち付ける乾いた音が、パシ、パシ、と響く。

「ジークベルト様がお褒めになったのは、あなたの化粧の腕前。ただそれだけのことなんだから」

「……はい、もちろんです」

ベリンダの視線から逃れるように、ソフィは顔を俯けた。扇子を打ち付ける音は途切れることなく続く。

ジークベルトの口から漏れた「美しい」という呟き。あれがベリンダを苛立たせているに違いない。

確かにソフィも一瞬ドキリとした。けれど、それで勘違いできるほどおめでたくはない。どんなに綺麗に隠しても、醜い素顔を知ってなおソフィの容姿を褒めた人は、これまで一人としていなかったのだから。

「いいこと？　ジークベルト様はね、あの魔法大国ツァウバルの王弟殿下でいらっしゃるのよ。卑しい身分の女なんか、相手になさるはずがないじゃないの。本当なら、あなたなんか言葉を交わすことすら許されない貴いお方なのよ」

「分かっています……」

「分かっているのなら」

パシン、とひときわ大きな音を立てた扇子の先が、ソフィの顎の下に添えられた。ぐいっと扇子に力がこもり、強引に顔を上げさせられる。

ベリンダの青い目がソフィを射貫《いぬ》いた。ドクリと、心臓が嫌な音を立てて軋む。

「二度とジークベルト様に近づいては駄目よ？　あの方の運命の相手になるのは、このわたくしなの。邪魔をすればどうなるか……」

紅《あか》い唇が笑みの形に歪む。ソフィの細い首筋を扇でトントンと叩き、ベリンダは身を翻した。

その姿がすっかり見えなくなってしまうまで、ソフィはその場に立ち尽くした。高揚した気持ちはすっかり消《き》え失せていた。


翌日の早朝、ソフィは一人で薬草を摘んでいた。

近くでは、カラスのクーがソフィを真似て薬草を摘んでいる。器用に嘴を使って一本摘んでは、チョンチョンと跳ねてソフィに渡しに来る。「ありがとう」と頭を撫でると、胸を反らせて「カァ！」と鳴くのが可愛らしい。薬草園で過ごす時間は、慌ただしい日々の中で数少ない癒やしのひと時だった。

ソフィは空を見上げ、太陽の位置を確認する。間もなく王妃の朝の往診に出かけたアルマが戻ってくる頃だ。そろそろ朝食の準備に取りかかった方がいいだろう。

「クーちゃん、そろそろおしまいにしようか」

そう声をかけて立ち上がった時だった。

「クゥ……！」

クーが突然ソフィの胸めがけて飛びついてきた。慌てて抱き留めると、クーは何かに怯《おび》えたようにぷるぷると震えている。

「ど、どうしたの？　クーちゃん、大丈夫？　どこか痛いの？」

ベリンダ達から攻撃を受けたときですら、ソフィを守ろうと勇敢に立ち向かったクー。そんなクーの、見たことのない姿におろおろしていると、「やあ、ソフィ嬢」と聞き覚えのある男の声がソフィを呼んだ。

振り向くと、王宮へと続く道の向こうから、ジークベルトが歩み寄ってくるところだった。すぐ後ろには、紅茶色の髪の護衛騎士が付き従っている。

ソフィはクーを両腕に抱いたままその場に跪き、深く頭を垂れた。ジークベルトが美しい眉をわずかに寄せる。

「そんなに畏《かしこ》まらないで、顔を上げてくれないかな」

しかしソフィは動かなかった。ベリンダの扇子の感触は、今もはっきりと首筋に残っている。

「いえ……わたしのような者が殿下の御前で――」

畏れ多いことです、と続けようとしたが、クーが腕の中でバサバサと暴れ出したことでソフィの言葉は中断された。

「あっ、クーちゃん、落ち着いて！　本当にどうしたの……⁉」

落ち着かせようと体をトントンと優しく叩いてみるが、クーは頭をソフィの右脇に突っ込んだ体勢で足をバタつかせている。

そんな一人と一羽の様子を見て、ジークベルトがふむと首を傾げた。

「そのカラスは、もしかして君の……」

「は、はい、友達です。いつもはこんなふうに暴れることはないのですが……」

「なるほど、友達か……」

ジークベルトがわずかに口の端を上げる。

「すまない。君の友達が怯えているのはおそらく私のせいだ」

目を瞬くソフィににこりと微笑んで見せ、ジークベルトは右腕をすっと高く上げた。

「おいで、シュネー」

ジークベルトの腕の動きにつられて視線を上げたソフィの前に、どこからともなく白いフクロウが姿を現した。白フクロウは大きな翼を優雅に広げて飛んでくると、音もなくジークベルトの肩に降り立った。

丸い大きな頭、金色の目、小さな鋭い嘴。ジークベルトの頭より一回り大きな体は真っ白。九年前と変わらぬ神々しいフクロウの姿に、ソフィの目は釘付けになる。

「これはシュネー。私の使い魔だよ。フクロウはこう見えて猛禽《もうきん》類でね、フクロウにとってカラスは獲物なんだ。おそらく君の友達は、シュネーの気配を察して怯えたのだろう」

「え、獲物⁉」

ソフィはぎょっとしてクーを両手で抱え直す。

「いいかい、シュネー。あのカラスはソフィ嬢の友達だ。……分かるね？　決して襲ってはいけない。色々と教えておあげ」

ジークベルトはフクロウとまっすぐに視線を合わせながら言う。フクロウはぐるんと首を回し、丸い大きな目でじっとソフィを見つめてから、了解したとでもいうように「ホゥ」と短く鳴いた。

「よし、いい子だ」

ジークベルトが白フクロウの頭を撫でると、フクロウは心地よさそうに金の目を閉じた。

「……クーちゃん、もう大丈夫みたいよ」

声をかけるとようやく、クーがソフィの脇に突っ込んでいた頭を引き抜いた。小首を傾げてジークベルトとフクロウを見上げていたが、もう危険はないと理解したのか、バサリと飛び上がり、フクロウを真似るようにソフィの肩に乗った。

ソフィはほっと胸を撫で下ろし、ジークベルトとフクロウに向き直った。間近に見る美しい白フクロウを前に、好奇心が抑えきれない。嘴と爪は鋭いけれど、金色の丸い目は神秘的ながら愛嬌《あいきょう》がある。もっふりとした真っ白な体はいかにも触り心地が良さそうだ。

「あ、あの……少しだけ、フクロウさんに触らせていただけないでしょうか……？」

そう言うと、ジークベルトが意外そうな目をソフィに向けた。その反応にソフィは、なんて図々《ずうずう》しいことを言ってしまったのだろうと青ざめる。二日前にこの薬草園で会った時もそうだった。ジークベルトを前にすると、いつも張り詰めているものがなぜかゆるんでしまいそうになる。

（お母さんと同じ匂いだから……？）

相手は気安く接していい人ではないというのに。ソフィは自分自身に戸惑いながら頭を下げる。

「申し訳ありません、魔法大国の王弟殿下に向かって失礼なことを……」

「いや。君は怖がらないいんだなと思っただけだよ。……シュネー、ソフィ嬢が君に触りたいそうだが、構わないかい？」

「ホゥ」

「少しだけなら、だそうだ」

ソフィは目を丸くした。

「フクロウさんの言葉が分かるのですか？」

「魔法使いと使い魔は特別な絆《きずな》で結ばれているからね。シュネーは私の言葉を理解できるし、私もシュネーの鳴き声の意味が分かる」

「すごい……！　わたしもクーちゃんとお話ができたらなぁ……」

ソフィが目を輝かせてそう言うと、肩に乗ったクーがまるで返事をするように「カア」と鳴いた。時々、クーにはソフィの言葉が分かっているのではないかと思える時がある。残念ながらソフィにはクーの言葉が分からないのだけど。

「さぁどうぞ、ソフィ嬢、触ってごらん」

ジークベルトが腰をかがめ、肩に乗った白フクロウをソフィに近づけてくれた。

「は、はい。シュネー様、失礼いたします……」

こてんと首を傾げてソフィを見つめる金の目にドキドキしながら、そろそろと手を伸ばす。丸い頭のてっぺんをそっと撫でると、想像していた以上に柔らかかった。

「わぁ……」

そのふわっとした触り心地に、ソフィは思わずうっとりしてしまう。白フクロウは嫌がるそぶりも見せず、大人しくソフィに撫でられている。

「シュネーは顎の下あたりを撫でられるのも好きだよ」

フクロウの顎というのはどのあたりなのだろうと戸惑いつつ、嘴の少し下あたりに触れてみる。もふもふの羽毛の中に指を差し入れてくすぐるように撫でると、白フクロウは気持ちよさそうに目を閉じ、「ピィー」と甘えたような声で鳴いた。

「か、可愛い……！」

「へぇ……珍しいな。シュネーが私以外の人間に触れられてこんな声で鳴くなんて」

ジークベルトが目を瞠る。その後ろでは護衛騎士も驚いたような顔をしている。

その時、ソフィの肩の上でクーがバサバサと羽根を広げ、「ガァガァ」とけたたましい鳴き声を上げ始めた。

「く、クーちゃん？　今度はどうしたの？」

するとその様子を見ていた白フクロウが、ジークベルトの方にぐるりと顔を向け、「ホゥホゥ」と静かに鳴いた。

「ふむ。シュネーの通訳によると、そのカラスくんはやきもちを焼いているようだよ。ソフィ嬢がシュネーを可愛がるものだから」

「えっ、そうなのですか？　……クーちゃん、あのね。確かにシュネー様は真っ白で美しくてもふもふでとっても可愛らしいわ。でもクーちゃんの黒い羽根だってとっても綺麗でかっこいいし、もふもふ……ではないけれど、滑らかでとっても素敵な撫で心地よ。それに、わたしにとって一番大好きで可愛くて大切な鳥さんはクーちゃんなんだから……」

クラプトン家で孤独に過ごしていた時、クーの存在にどれだけ慰められたか。再会できてどれだけ嬉しかったか。

そんな気持ちを込めて何度も頭を撫でると、ようやくクーは納得したらしい。ソフィの肩の上で何やら誇らしげに胸を張り、白フクロウに向かって「カァ！」と鳴いて見せた。白フクロウは「やれやれ」とでも言いたげに目を閉じ、そのまま置物のように動かなくなった。

「ところで、今日私がここに来たのは君に話があって……ああ、跪く必要はない。楽な姿勢で。……そうだな、そこの椅子をお借りしよう。君も座ってくれないかな」

慌てて再び礼を取ろうとしたソフィを制し、ジークベルトはすたすたとリンデンの木の下のテーブルセットに向かった。わずかな逡巡《しゅんじゅん》の後、ソフィも後に続く。

ジークベルトが椅子に腰掛けると、白フクロウは目を開け、音もなくリンデンの枝に飛び移った。それにつられたようにクーもソフィの肩を離れ、フクロウとは別の枝にとまる。

「あの、お話というのは……？」

「うん、昨日の化粧の実演について、もう少し君から話を聞きたくてね。素晴らしいものを見せてもらったよ、ありがとう。特に白粉の使い方には本当に驚かされたのだけど……あれは、誰から教えを受けたのかな？」

「誰、ということは……。あれは自己流なのです」

「自己流？　本当に？」

ジークベルトが目を見開く。

「はい。と言っても、そもそもアルマさんが道具を揃えてくださらなければできなかったことなので……」

「いや、謙遜することはない。本当にすごいことだと思うよ。君のような人がいるとは驚いたな……」

「あ、ありがとうございます……」

ジークベルトからの手放しの賛辞に、ソフィの顔に熱がのぼる。胸の奥がほわほわと温かくなった。

「それに、君が使っていた化粧水。気持ちが落ち着く良い香りだったね。私も好きな香りだ。あの化粧水も、君が作ったの？」

手作りの化粧水を好きだと褒められ、ソフィの胸がどきりと跳ねる。

「は、はい。アルマさんにご指導いただきながら……。香りは、亡くなった母が好きだったものを再現したくて。全く同じにはならなかったのですが……あ」

そこまで言ってソフィは、ジークベルトがまとう香りのことを思い出した。今もジークベルトからは、母がまとっていたのと同じ香りが漂ってきている。

「あの……殿下は香水か何かを使っておられますか？　ラベンダーと、いくつかの薬草を混ぜたような香りのものを……」

「ん？　ああ、これのことかな？」

そう言うとジークベルトは、いくつか身につけていたペンダントの一つを外し、手の平に乗せてソフィに示した。植物を象《かたど》った複雑な意匠の銀細工の中心に、ジークベルトの瞳を思わせる紫色の石がはまっている。きらきらと輝く紫の石に顔を近づけると、ふわりと例の香りが強くなった。

「これです、母の香りと同じです！　あの、このペンダントはいったい……？」

「精油の香りを、この石に魔法で定着させているんだよ。精油は私の師が考案したブレンドでね、私も気に入っているんだ。確かに君が作った化粧水の香りと似ているとは思うけれど……この香りが、君の母上の好んでいた香りと同じだというの？」

「はい。と言っても、幼い頃の記憶なので、勘違いかもしれませんが……」

「ふぅん……。もしかして、君の母上はツァウバルの出身だったりする？」

「……いえ、母の出身地は知らないのです。何も聞いていなくて……」

「……お母上の名前は？」

「アンといいます」

「アン、か……。本当の名前なのかな？」

「だと思うのですが……」

そう答えながら、徐々に眉尻が下がっていく。生まれも育ちも知らない母。その上、名前まで本当でないなどということがあるだろうか。

（ううん、そんなはずない……）

ソフィは心の中で否定する。

（だって、お父さんはいつも、お母さんのことをアンと呼んでいた。愛おしそうに。お母さんも、ごく自然にそれに応えて……）

父と母との間に流れていた温かな空気。そこに嘘があったとは思いたくなかった。

「君の容姿は、お母上に似ているかい？」

「この黒髪は母譲りですが、顔立ちはどちらかと言うと父に似ていると言われていました。目の色も。母の瞳は薄青でしたので……」

「黒髪に薄青の瞳のアンか……」

ジークベルトは何事かを考えるそぶりを見せてから、ふいに、「そうだ」と美しい笑みを浮かべた。

「このペンダント、よかったら君にあげるよ」

「えっ？」

ペンダントとジークベルトの笑顔を見比べ、ソフィは目を瞬く。意味を理解し、慌てて胸の前で両手を振った。

「と、とんでもない！　頂けません！」

「遠慮しないで。特に高価なものというわけでもないし」

「そういう問題ではありません……！」

「君が探し求めていた、母上の香り。身に着けていたいとは思わない？」

「それは……」

思わないと言えば、嘘になる。

「……ですが、わたしが殿下からペンダントを頂いたなどと知られたら、良く思わない方がいらっしゃいます。本当は、このように声を掛けていただくことすら……」

「例えば君の従姉殿とか？」

躊躇いながらソフィは頷く。

「それに、他のお嬢様方もきっと……」

ジークベルトが小さくため息をついた。

「君を困らせたくはないのだけど……ああ、そうだ。それなら、皆に知られなければいいだけのことではないかな？　私も、そこのギードも、絶対に他言しないと誓うよ」

ね、とジークベルトが目を向けると、護衛騎士ギードが無言で頷いた。ソフィは視線を彷徨《さまよ》わせる。

「ですが、頂く理由がありませんから……」

「私が君に、どうしてもこのペンダントをあげたいんだ。……というのは、理由にならないかな？」

わずかに首を傾げ、ジークベルトがソフィの顔を覗きこむ。銀の髪がさらりと流れる。ラベンダーのように甘さのある紫の瞳に見つめられ、ソフィは頬を染めて言葉を失った。

「よし、決まりだね」

ソフィの無言を肯定と受け取ったジークベルトが、にこりと笑う。

「じゃあ、さっそく着けてあげよう」

「そ、そんな、自分で……」

慌てて首を振るが、ジークベルトはさっさと立ち上がり、ソフィの背後に回り込んだ。

ペンダントを持つジークベルトの両手が、背後からソフィの顔の前に回される。後ろから抱き込まれるような体勢に、にわかに心臓が騒ぎ出した。

　ジークベルトが、ペンダントトップの位置をソフィの胸の真ん中に合わせ、銀のチェーンの両端を持った両手を首の後ろに回す。後れ毛をそっと撫でつける大きな手の感触に、ソフィはびくりと体を震わせた。

「少しだけじっとしていて……」

「は、はい……」

　ソフィはか細い声で応える。ドキドキと心臓が忙しない。

「このペンダントには、ごく弱いものではあるけれど護《まも》りの魔法を付与してあるからね。服の中に隠して、なるべくいつも身に着けているといいよ」

　耳元で響くジークベルトの声に、じわじわと頬が熱くなる。金具を留めるジークベルトの指が首筋を掠めるたび、そのくすぐったさに震えそうになり、ソフィはぎゅっと目をつむった。

「……ああ、よく似合っているね」

　満足そうな声におそるおそる目を開けると、胸元でペンダントが輝いていた。懐かしい母の香りを感じ、ほっと口元がゆるむ。

「……ありがとうございます、殿下。ペンダントが香るたびに、母を近くに感じられる気がします」

小さく微笑み、傍らに立つジークベルトを見上げる。

「それは良かった。母上のついでで構わないから、私のことも近くに感じてくれると嬉しいのだけど」

蕩けるような美しい微笑みを返され、ソフィは再び赤面する。

「ちなみにそのペンダントの香りは魔法で定着させたものだからね、持ち主の意思で香りの強さを調整することが可能なんだ。普段は全く香らないようにしておいて、感じたい時だけ香らせることもできるよ」

「それは、わたしにもできるのでしょうか？」

「うん、できるはずだよ。やり方は簡単。手でペンダントに触れながら念じるだけ。試しにやってごらん」

言いながらジークベルトはソフィの右手を取り、その上にペンダントを乗せた。

ドキドキしながら、手の平の上で輝くペンダントを見つめる。心の中でペンダントに語りかけるように、

（香りよ、消えて）

と念じると、先ほどまで感じていた香りが嘘のようにかき消えた。今度は、

（香りよ、わたしを包んで）

と願うと、ペンダントは再び甘い香りを纏《まと》う。

「すごい……！　まるで魔法使いになったみたいです！」

目を輝かせてジークベルトを見ると、ジークベルトがにこりと微笑んだ。

「魔法に興味がある？」

「はい……あの」

ソフィは少しだけ言いよどむ。

「子どもの時から、ずっと……。八歳の時、危ないところを殿下の魔法で助けていただきました。殿下は覚えておられないと思いますが……」

あのジークベルトとの出逢《であ》いがなければ、ソフィにとって魔法は、今とは全く違った印象になっていたことだろう。ただひたすらに冷たく、忌まわしく、怖ろしいものに。

「覚えているよ」

ジークベルトの言葉に、ソフィははっと顔を上げた。

「私の直感はよく当たるんだ。また会えたね、ソフィ」

ジークベルトが紫の目を細める。

「覚えていて、くださったんですね。忘れられているとばかり……」

わずかに声が震えた。じわりと涙がせり上がりそうになり、ソフィは目を瞬く。すると、ジークベルトは気まずそうに眉を下げた。

「……すまない。正確には、思い出したんだ。昨日、イザベル王妃殿下のお茶会で君の名を聞いた時に。顔を見ただけでは気付けなかった……」

「いいえ、充分です……」

申し訳なさそうに言われ、ソフィはかぶりを振った。あれから九年もの時が流れたのだ。ソフィは八歳から十七歳に成長した。気付かないのも無理はない。

「わたしの方こそ、すぐに殿下だとは分からなくて……。あの、そういえば、一昨日ここでお目にかかった時に髪と目の色が違ったのは、魔法で変えておられたのですか？」

「やはり私だと気付かれていたか」

ジークベルトが苦笑した。ソフィは小さく頷く。

「ずいぶん印象が違いましたが……お顔立ちもお声も、それから香りも同じでしたので……」

「香りか……そこまでは気が回らなかったな。騙《だま》すつもりはなかったのだけど、この髪と目は目立ちすぎるからね。君に警戒されたくなくて、咄嗟に変えたんだ。ほら、こんなふうに」

　ジークベルトがそう言ったとたん、ジークベルトの髪と瞳が焦茶色に変わった。瞬きする間に起きた変化に、ソフィは目を丸くする。そんなソフィの反応を楽しむように、ジークベルトが口角を上げた。

「驚いた？」

「は、はい。魔法を使うには、何か決まった手順が必要なのかと思っていたので。呪文とか、魔法陣とか……。殿下が昨日、薔薇に魔法をかけた時も、こう……手を動かしておられたように見えたのですが……」

「ああ、昨日のあれはパフォーマンスだよ。私の場合、あの程度の魔法なら呪文の詠唱も身振りも必要ないんだけど、ああするといかにもそれらしいでしょう？」

「パフォーマンス……」

「魔法というのはね、体内を流れる魔力を練り上げて形にすることで発動するんだ。呪文や魔法陣というのは、魔力を練り上げる手段の一つ。呪文を唱えなくても、適切に魔力を練り上げさえすれば、魔法は発動する。このあたりは、魔法の難易度とそれぞれの魔法使いの力量によるかな。私も、高度で複雑な魔法を発動させる時には呪文や魔法陣を使うこともあるよ」

ジークベルトが言葉を切る。その次の瞬間、ジークベルトの髪と瞳は何の前触れもなく、一瞬にして元の色に戻った。

「……というのが魔法についてのごく初歩的な説明なんだけど、こういう話に興味はある？」

「はい……なんだかワクワクします」

ジークベルトは、「良かった」と嬉しそうな笑みを浮かべた。

「ところでソフィ、クヴァルムという名に聞き覚えはないかな？」

「え？」

唐突に変わった話題に、ソフィは目を瞬いた。

「いえ、聞いたことはありませんが……」

「あるいは『灰色の魔法使い』」

「い、え……」

知らない名だ。けれどその言葉の響きから、灰色のローブをかぶった男の姿が脳裏を掠め、ソフィの胸の奥がひやりと冷たくなる。

「では、これまでに私以外の魔法使いに会ったことは？」

ソフィはひゅっと息をのんだ。灰色のローブの男の姿が、頭の中でくっきりとした像を結ぶ。どくどくと嫌な音を立てる胸を押さえ、ソフィは「ありません……」と掠れた声で答えた。ジークベルトが目を眇める。

「もう一つだけ聞こう。ソフィ、九年前、君の顔にそんな火傷痕はなかった。その火傷痕の原因は？」

「！」

その瞬間、息が止まりそうになった。ソフィはぎゅっと自身の胸を摑み、ふるふると首を横に振った。

「ごめんなさい、言えません……」

息苦しさに涙が滲む。護衛騎士が不審げに眉を寄せた。ジークベルトは冷徹な眼差しをソフィに注いでいる。

「ソフィ、すまないが少し顔に触れるよ」

ジークベルトがソフィの左頰に手を伸ばしたその時だった。

「ソフィィ、お客さんかい？」

かけられた声に、ジークベルトの手はソフィに触れる直前で止まった。

立っていたのは王妃の往診から戻ってきたアルマだった。ジークベルトは伸ばしかけた手を引っ込め、ソフィからさっと距離を取る。アルマはジークベルトの姿を見るやぎょっと目を見開き、涙目で震えるソフィを背に庇うような位置で腰を落とした。

「この王宮で薬師を務めます、アルマでございます。ツァウバル王国のジークベルト王弟殿下とお見受けします。アタシの弟子が何か失礼を致しましたでしょうか？」

アルマの口調は丁寧だが、ギョロリとした目は油断なくジークベルトに向けられている。ジークベルトは整った笑みでこれに応えた。

「ああ、ご心配なく。昨日、こちらのソフィ嬢に化粧の実演を披露していただきましてね。その素晴らしい腕前を称《たた》えていたところなのです。ソフィ嬢の作った化粧水も素晴らしかった。師匠であるあなたの指導が良いのでしょうね」

ジークベルトの褒め言葉にも、アルマの表情がゆるむことはなかった。

「お褒めにあずかり光栄でございます。昨日のことも聞き及んでおりますが……。無礼を承知で、この子の師匠として殿下にお願いがございます」

「なにかな？」

「ソフィに中途半端に関わるのはご遠慮いただけないでしょうか。それでなくてもこの子は、やっかみを受けやすい立場におります。殿下の気まぐれで、この子を難しい立場に追いやることはどうぞお控えください」

　ジークベルトは小さく苦笑した。

「アルマ殿といいましたか。あなたは本当に良い師匠のようだ。お約束しましょう。気まぐれで中途半端にソフィ嬢に関わることはしないと」

　アルマはなおもジークベルトの目をじっと見つめていたが、深く息を吐き出し跪いた。

「ひとまず信じることにいたします。どうぞ非礼をお許しください」

「いや、構いません。どうぞ顔を上げてください」

「寛大なお心に感謝申し上げます」

　アルマが立ち上がり、ハラハラとやり取りを見守っていたソフィはようやくほっと息をついた。

「ところで……エルヴィーラ様——前塔主様は息災でいらっしゃいますか？」

　アルマの問いかけに、ジークベルトがおやと眉を上げた。

「大叔母は塔主の座を退いた後に病を得ましてね。今は静かに過ごしていますよ」

「そうでしたか……あのエルヴィーラ様が病を……」

　アルマがしんみりと呟く。

「魔法使いとて不老不死ではありませんから。……アルマ殿は前塔主——私の師匠と面識がおありなのですか？」

「もう五十年近く昔の話でございます。若い時分に、エルヴィーラ様に小間使いとしておそばに置いていただいたことがございました」

ああと呟き、ジークベルトが頷いた。

「大叔母から聞いたことがありますよ。かつて一度だけ、カナル人の薬師を弟子にしたことがあると。たいへん熱心で優秀な弟子だったと聞いていますが……アルマ殿がそうでしたか」

アルマの目がじわじわと見開かれる。顔を覆う両手の隙間から、「おお……」と呻くような声が漏れた。

「弟子と……あの御方がアタシを、弟子と呼んでくださいましたか……」

アルマの声はかすかに震えていた。


「いやぁ、殿下が相手だというのに遠慮のないばあさんでしたね」

アルマの家から充分に離れたのを見計らい、ギードが口を開いた。

「中途半端に関わるなと、釘を刺されてしまったね」

ジークベルトが口元をゆるませる。

「あの大叔母様が気に入って弟子にしたのも分かる気がするよ。言われずとも、中途半端に関わるつもりなどないさ。ふふ……もしかしたらあの薬師殿が一番の障害になるかもしれないな……」

「そうですね。他国の王宮内で手荒なことはなるべく避けたいところですが、いざとなればソフィ嬢を拘束してでも――」

「おや、ギードは女性を拘束する趣味があるの？」

「は？」

「見かけによらないね。人の趣味に口を出すのは野暮かもしれないけれど、個人的にはどうかと思うな」

「はぁァ!?」

素っ頓狂な声を上げ、ギードが顔をしかめる。

「そんなわけないでしょうが。人を変態みたいに言うのやめてもらえません？　何の話をしてるんですかいったい。そうじゃなくて、彼女、我々が追う『灰色の魔法使い』クヴァルムを知ってるんじゃないですか？　明らかに様子がおかしかったでしょう？」

「いや。ソフィはクヴァルムという名も『灰色の魔法使い』という通り名も聞いたことはないようだった。密かに看破の魔法を使ったからね、嘘をつけば分かる」

「お。さすが殿下」

「ただ……ソフィは一つだけ嘘をついていたね。彼女はどこかで私以外の魔法使いに会ったことがあるようだよ」

「……あの気の毒な火傷痕と、何か関係があるんですかね？」

「おそらくね。昨日彼女が化粧を落とした時、あの火傷痕から魔力の気配が感じられたから」

「へぇ、気付きませんでした」

「ごくわずかだったからね。あれは、よほど魔力感知に長《た》けた者しか気付けないだろう。九年前に会った時、ソフィの顔にあんな火傷痕はなかった。ソフィはいつ、どこで、どのような魔法使いに会ったのか、奴と何か関わりがあるのか……。あの火傷痕に触れればもう少し何か分かったかもしれないが、邪魔が入ってしまったね」

「確かめる必要がありますね。それにしても、さっすが殿下。女の子をたらし込むのがうまいんだから。首尾よくソフィ嬢にペンダントを着けさせることに成功しましたし、おかしな動きがあればすぐに分かるでしょう。で、あのペンダントには何を仕込んであるんです？　盗聴魔法？　それとも追跡魔法ですか？」

「いや、何も。ソフィに説明したとおり、香りを定着させてあるのと、それから守護の魔法だけだよ」

「は？」

ギードが不思議そうに目を瞬く。

「じゃあ何のために渡したんです？　それも、あんな強引に」

「何のためにって、あの香りが好きだと彼女が言ったから、ただそれだけだよ」

「いやいやいやいや。あなた、ねだられたって女性に物を贈るような人じゃないでしょうが。ましてや魔法石付きのアクセサリーだなんて特別なものを」

「うん、そうなんだけど、なんだろうね？　私の色のペンダントを身に着けるソフィをどうしても見てみたくなって。思ったとおり、よく似合っていたよね」

麗しい微笑みを口の端に浮かべるジークベルトを、ギードがぽかんと見つめる。

「えっ、ちょっとまさか殿下、もしかしてソフィ嬢のこと……」

「なに？」

ジークベルトが不思議そうに首を傾げた。

「うっそ……自覚ないんですか？　うわー」

「だから、なに？　はっきり言いなよ」

「いやぁ……俺が指摘するのは野暮っていうか、俺も半信半疑っていうか……」

気まずそうにもごもごと言葉を濁すギードを訝しげに見つめてから、ジークベルトは「ああ」と頷いた。

「ギードの言いたいことは分かったよ。ふぅん……私には無縁の感情だと思っていたんだけど、なるほどね、これがそうなのか……。なかなかに制御が難しいものなんだな……でも、うん、悪くない気分だ……」

壮絶なまでに美しい笑みを浮かべるジークベルトの横で、ギードが「こっわ……」と呟いて一歩身を引いた。

「ん？　何か言った？」

「や、なんでもないです。それより殿下、ソフィ嬢のことも気にはなりますが、社交の方もしっかりお願いしますよ」

「もちろん。あの先読みが正しいとすれば、この王宮に、あの男に迫る糸口があるはずだからね。せいぜい情報収集に励むよ」

「……先読みの話、公にしても良かったんですか？　運命の相手だなんて嘘までついて」

「別に私は嘘などついていないよ。なんせ十二年も追っている因縁の相手なんだ。運命と言えなくはないだろう？　女性だと勝手に解釈したのはあちら」

「うわー。絶対に確信犯ですよね」

「おかげで動きやすくなったよね。運命の相手を探しているというていで、王族から使用人まで幅広く接触しても不自然にならない。ご婦人方の視線が少々鬱陶しくはあるが、その程度のことは我慢しよう」

「ま、殿下が女性に群がられるのはいつものことですしね。噂が広まっているのか、さっそく謁見の申し入れやお茶会の招待が山ほど届いていますよ」

「イザベル王妃の誕生祝賀会まであと三日、すでに決まっている予定は明日の夜会だけだったね？　空いている時間に誰と会う予定を入れるか、これから部屋で朝食を頂きながら作戦会議といこうか」

「ですね。あ、そうそう、ソフィ嬢の叔父さんでしたっけ？　クラプトン伯爵家からの招待状も届いていますよ」

「クラプトン伯爵家か……。気になるね、とても」

「そうですか？　評判のいい一家みたいですけど」

「良すぎるんだよ、不自然なくらいにね。まるで『蠱惑《こわく》の蜜』でも使ったようじゃないか」

ギードがはっとした顔になる。

「奴が得意とする秘薬……」

「そう。それにね、九年前にソフィと会ったのはクラプトン伯爵邸でのことなんだ。前クラプトン伯爵夫妻が相次いで不審死したという報告を受けて、弔問を口実に調査に出向いた折にね」

「不審死……奴と関わりが？」

「残念ながらその時は奴との繋がりを見つけ出すことはできなかったんだ。だけど、そのクラプトン邸にいたソフィが、顔に魔力を帯びた火傷痕を負っているというのは……」

「なるほど、調べてみる価値はありそうですね」

「ああ、忙しくなりそうだ。……そうそう、ギード。忙しくなる私の代わりに、通信魔法で連絡を取ってもらいたい相手がいるんだけれど。至急、確かめたいことがあってね――」

ジークベルトがギードに小声で耳打ちする。ギードが驚いた様子で目を見開いた。

翌日の白薔薇宮では、各国からの来賓を歓迎するための夜会が開催されていた。すでに夜は深まり、会場となったホールは、着飾った紳士淑女達の熱気に包まれている。

その中に、女官のお仕着せをまとい給仕をするソフィの姿もあった。

酒と香水の匂いが充満するホール内を、グラスの乗ったトレーを手にひっきりなしに行き来する。参加者から求めがあれば化粧室や休憩室への案内も務める。それがソフィの役割だ。

ダンスに向かう紳士から空いたグラスを受け取り、ソフィは配膳室へと向かう。その途中、引き寄せられるように会場の反対側に目をやった。

ダンスの輪から少し離れた壁際の一角に、まるで豪華な花束のように、着飾った令嬢達が集まっている。その中心に、令嬢達の誰よりも麗しい男がいた。

輝くような銀の髪。すらりと背が高く均整の取れた体つき。ジークベルトは会場のどこにいても人目を引く。

ソフィが目にする限り、夜会が始まって以来、ジークベルトの周囲に人が絶えることは一瞬たりともなかった。誰かと談笑しているか、さもなくばダンスを踊っている。

めったに他国に赴くことのない魔法大国の王弟とあって、お近づきになりたいと考える貴族は多いのだろう。その上、「運命の相手を探している」となれば、皆が、特に未婚の令嬢達が彼を放っておくはずがない。ジークベルトもまた、積極的に夜会の参加者達と交流している様子だった。

今もジークベルトは、美しい笑みを絶やすことなく、令嬢達とのお喋りに興じている。彼が微笑みを向け、一言声を掛けるたびに、取り巻く令嬢達から黄色い声が上がる。

そんな令嬢たちの中に、ベリンダの姿もあった。他の令嬢たちを押しのけ、ジークベルトの隣を陣取っている。

今夜の夜会には、カナル王国の上位貴族達が招待されている。伯爵位にあるクラプトン家の人々も揃って参加していた。

ベリンダが隣に立つジークベルトに身を寄せ、何事かを囁く。ジークベルトがそれに笑顔で答える。ベリンダがうっとりと頬を染める。

遠くからその光景を眺めるソフィの胸が小さく痛んだ。密かに身に着けているペンダントに、服の上からそっと手を当てる。昨日、これを着けてくれた時には手が触れるほど近くにいたジークベルトが、今はあまりにも遠かった。

（あの方が探していらっしゃる運命の相手。それがわたしなんかのはずはない。そんなこと、分かりきっているのに……）

やがてジークベルトがベリンダの手を引き、ホールの中央に進み出た。二人は手を取り合い、体を密着させて、軽やかにワルツのステップを踏み始める。息の合ったダンスに、周囲の人々から感嘆の声が漏れた。

「まあ、なんてお似合いの二人なんでしょう」

「ジークベルト殿下の運命の相手というのは、ベリンダ嬢のことかもしれませんな」

見つめ合いながら踊る二人から顔を背け、ソフィは足早に配膳室へと向かった。

使用済みのグラスを預け、空のトレーを手に、重い足取りでホールへ戻ろうとした時だった。

「やあ、ソフィ」

背後からかけられた声に、ソフィはびくりと立ち止まった。振り返った先で、セオドアが微笑んでいた。

「……セオドア様、何かご入用でしょうか？」

姿勢を正し、あくまで給仕係として応じると、セオドアが寂しげに眉を下げた。

「ソフィの姿が見えたから声をかけただけだよ。でも……そうだな、せっかくだから案内をお願いしようかな。少々疲れてしまってね、静かなガゼボで一休みしたいと思っていたところなんだ」

「……かしこまりました」

わずかな躊躇いの後、ソフィは承諾した。休憩場所への案内も、給仕係の仕事だ。それに、今はまだ、あの二人が踊っているであろうホールに戻りたくなかった。

セオドアを先導し、庭園の小道を進む。整然と整えられた庭園には、イザベル王妃のために何十種類もの薔薇が植えられている。

楽団の奏でる音楽と人々のざわめきがしだいに遠ざかる。等間隔に設置されたランプの灯《あか》りに照らされ、歩く二人の影がゆらゆらと揺れる。

庭園は夜会の参加者のために開放されている。涼みに出ている者もいるようだが、人影はまばらだ。

いや、ガゼボや薔薇の茂みの陰に、確かに人はいるのだ。いるが、皆、気配を押し殺している。くぐもった男女の囁き声。苦しげな、それでいて甘い吐息。その合間に混じる抑えきれない嬌声《きようせい》。

そこかしこの茂みで彼らが耽《ふけ》っている行為の正体にようやく思い至り、ソフィは体を強張らせた。こんな場所にセオドアと二人きりで来てしまったことを、今さらながら後悔する。

（早く案内を終えて、ホールに戻ろう……）

足を速め、さらに小道を進んで、ようやく先客のいないガゼボに辿り着いた。

「……では、わたしはこれで失礼いたします」

一礼して引き返そうとしたソフィの右手首を、セオドアが掴んだ。びくりと肩が跳ねる。

「待って。少し話をしようよ、ソフィ。久しぶりに二人きりになれたんだからさ」

「いえ、仕事中ですから……」

ソフィは掴まれた手をそっと引こうとしたが、セオドアは離さなかった。

「少しくらい大丈夫だよ。誰にも分からないさ」

「そういう問題ではありませんので……」

するとセオドアが小さくくすりと笑った。

「相変わらず、ソフィは真面目だね。それに、王妃殿下の侍女に抜擢されるなんて、ずいぶん頑張ったんだね。……だからさ、もうそろそろいいんじゃない？」

「……いい、とは？」

セオドアの言葉の意味が分からず、ソフィは小さく眉を寄せる。

「もうクラプトンの屋敷に戻ってくればいいんじゃないかな、ていうことだよ」

「……え？」

「一年も王宮に勤めたんだ。もう充分罰は受けたと言えるよね。それに、父上も母上も、今ではソフィをクラプトン家の一員と認めてる。ソフィが戻りたいと願えば、駄目とは言わないと思うんだ。もちろん僕も父上に口添えするよ。だから、ね？　侍女の仕事なんか辞めて、僕たちの家に戻っておいでよ」

「……」

セオドアの甘い微笑みを前に、ソフィは言葉を失っていた。言葉の意味は分かっても、理解が追いつかない。

（セオドア様は、わたしがあの家に戻りたがってると思ってらっしゃるの？　まさか、そんなこと……）

ソフィがあの家でどんな目に遭っていたか、セオドアは全部知っているはずなのに。

「……あの、セオドア様。わたしはこのまま王宮で仕事を続けたいと思っています。ですから――」

「そんなふうに意地を張るものではないよ、ソフィ」

困ったように眉を下げ、駄々っ子を宥めるように言われて、ソフィは再び唖然とする。セオドアは、こんなにも話の通じない人だっただろうか。

「王宮の仕事なんか続けてどうするのさ。……ああ、もしかして結婚相手を見つけようなんて思ってる？」

「いえ、そうでは――」

「残念だけど、それは難しいんじゃないかな。この王宮に、ソフィの火傷痕のことを知らない人はいない。知っていてソフィを妻にしようだなんて奇特な男はいないと断言できるよ」

「……それは、分かっています」

俯き、自由になる方の手で、服の上からペンダントに触れた。

「分かってるなら、今すぐ戻っておいでよ。前にも言ったけど、僕は……僕だけは、いつだってソフィの味方だからね。絶対にソフィを見捨てたりなんかしないよ」

ぎりっと手首を掴む手に力がこめられ、ソフィは顔をしかめた。

「もしクラプトンの屋敷で過ごすのは気が引けるというなら、約束どおり連れ出してあげるよ。僕の別宅へ来ればいい。……ああそうだ、それがいいね、うん、そうしよう。今度は絶対に誰にも邪魔させるものか……」

ソフィに焦点を合わせたまま、瞬きもせずにブツブツと独り言のように喋り続けるセオドア。掴まれた手首にギリギリと力がこもる。ぞくりとソフィの全身が粟立った。

逃げなければと、ソフィの本能が警鐘を鳴らす。

「セオドア様、は、離してください……」

青ざめた顔で声を震わせるソフィを見つめ、セオドアがうっとりと瞳を蕩けさせた。

「あァ……ソフィは本当に可愛いなぁ……。ねぇ、もっとよくその顔を見せてよ」

セオドアが手を伸ばし、ソフィの左頰に触れた。背筋に震えが走る。咄嗟に顔を背けようとしたが、強い力で顎を掴まれ阻まれた。セオドアはますます笑みを深め、顎を掴んだまま親指の腹でソフィの左頰を撫でた。

「こんな化粧なんか、しなくていいんだからね。僕の前では自分を偽らないで、素顔を見せてほしいな……」

化粧を擦り落とそうとでも考えているのか、左頰を撫でるセオドアの指に力がこもる。

「やめて……離して……」

「うん、いいよ。今すぐ仕事をやめて僕のもとに戻ると、ソフィが約束してくれたらね」

セオドアの笑みは揺るがない。

（そんな……そんな約束、できるわけない……！）

ぎゅっと唇を引き結び、ソフィはセオドアの手を振りほどこうと腕に力をこめる。けれど逆に引き寄せられ、あっと思った時にはセオドアの胸に飛び込む形になっていた。掴まれていない方の手で押しのけようとするが、セオドアの体はびくとも動かない。

「ふふ、ソフィは悪い子だなぁ、そんなふうに僕を煽《あお》るなんて。あァ……初めての口づけは素顔でと決めていたのに、ソフィが悪いんだからね……」

セオドアの微笑みが近づいてくる。顎を掴まれたソフィは顔を背けることすらできない。セオドアの熱い吐息が頬に触れる。震えながらぎゅっと目をつむった、その時だった。

「そこまで」

突如、至近距離で、涼やかな声が静かに響いた。

よく知る声に目を開けると、セオドアの背後にぴたりとジークベルトが立っていた。その右の手の平が、ソフィを守る障壁のように、セオドアの顔の前に回されている。

「……は？」

何の気配も前触れもなく現れたジークベルトに、セオドアが目を見開いて固まった。

セオドアの手の力がゆるんだ隙に、ジークベルトはソフィを引き寄せ、セオドアから遠ざける。ジークベルトがソフィの手首を見つめ、労《いた》わるように形の良い眉を寄せた。

「……可哀そうに、痣《あざ》になってる。少しじっとしていて」

そう言うとジークベルトは、壊れ物を扱うように両手でそっとソフィの右手を取った。そのまま口の中で短く何事かを唱えながら、赤い痣のついたソフィの右手首をそっと撫でる。

ジークベルトに触れられたところがじわりと温かくなり、淡い光を帯びる。その熱と光が徐々に弱くなり、すっと消える頃には、セオドアに掴まれてできた手首の赤い痣と痛みはすっかり消え失せていた。

「大丈夫？」

呆然としたままのソフィを見つめ、ジークベルトが小さく首を傾げる。ソフィは二度、三度と瞬きをし、それから小さく頷いた。

（……助けに来てくださった。ジークベルト殿下が……）

安堵と喜びが、じわじわと胸に広がっていく。心の奥がどうしようもないほどに震えた。

ジークベルトは紫の目を柔らかく細めると、「ホールまで送ろう」と、貴婦人をエスコートするようにソフィの手を取った。

「お、お待ちください、ジークベルト殿下！　ソフィ！」

ジークベルトに手を引かれて歩き出そうとしたソフィだったが、セオドアの声にビクリと足を止めた。

セオドアはようやく我に返ったらしい。取り繕うような愛想笑いを浮かべ、非難めいた目をジークベルトとソフィに向けている。咄嗟にソフィは、ジークベルトの手に乗せた右手に、縋るように力を込めた。

「このような場に割り入るなど、いかに殿下といえども無粋なのではありませんか？」

「無粋、ねぇ……」

ジークベルトはソフィに応えるように軽く手を握り返すと、ソフィを庇うようにしてセオドアを振り返った。紫の瞳が冷ややかにセオドアを見下ろす。

「嫌がるレディの唇を無理やり奪おうとする方が、よほど無粋だと思うけれど？」

「無理やりだなんて……誤解ですよ」

セオドアは口元を引きつらせ、唇をちらりと舐めた。

「僕はただソフィに、そろそろ家に戻っておいでと、そんな話をしていただけで。僕とソフィは家族なのです。距離が近いのも当然なんですよ。ね、そうでしょ？　ソフィ」

　優しげなセオドアの微笑み。その湿った視線が、じっとりとソフィに絡みつく。ソフィはそれから逃れるようにジークベルトを見上げた。吸い込まれそうなほど美しい紫の瞳が、見守るようにソフィを見つめている。ソフィの手を握るジークベルトの手に、力がこもった。

　ソフィは静かに一度深呼吸し、伏し目がちにセオドアを見た。

「わたしは……セオドア様やクラプトン伯爵家の皆様を、家族と思ったことはありません。伯爵家に戻るつもりもありません。このまま王宮で仕事を続けていきたいと思っています」

　わずかに震える声で、けれどきっぱりと言い切ると、セオドアがサッと顔色を変えた。整った微笑みがぐにゃりと歪む。

「はは、ソフィ、冗談だよね……？」

「冗談などではありません。わたしの、本当の気持ちです」

　ジークベルトが微笑みながら頷き、それからセオドアに視線を向けた。

「言いたいことはそれだけかな。では、私たちはこれで失礼するよ。行こう、ソフィ嬢」

「はい」

ジークベルトの手を握り、今度こそ歩き出した。

「……行っちゃ駄目だソフィ！　魔法使いは、人の心を操る魔法を使う。ソフィも騙されてるんだ！」

背後から、切羽詰まったようなセオドアの声が追いかけてくる。

「耳を貸さないで」

ジークベルトが耳元で囁いた。それに小さく頷きを返す。

「僕は諦めないよ、ソフィ！　君を、その火傷痕ごと愛せるのは、この世でただ一人、僕だけなんだから……！」

セオドアの声はずっと追ってくる。けれどソフィは振り返らなかった。

無言で薄暗い小道を辿り、ホールのざわめきが感じられるようになった頃、ソフィはようやくほっと息を吐いた。

「……ありがとうございました、殿下」

隣を歩くジークベルトを見上げると、「どういたしまして」と柔らかな笑みが返ってきた。

「ところで、さっき言っていたね。このまま仕事を続けていきたいと」

「はい」

「それなら一つ提案があるのだけど――」

ジークベルトが言いかけた時、横手から「ジークベルト様？」と声がかかった。

反射的にジークベルトの手を離そうとしたソフィだったが、ジークベルトがやんわりとそれを止めた。

別れた小道の先から現れたのはベリンダだった。その後ろでは、ジークベルトの護衛騎士ギードが肩を竦めている。ベリンダはジークベルトの姿を認めるや、美しい顔を薔薇色に染めた。

「ずいぶんお探ししましたわ。ダンスが終わるなりどちらかに行ってしまわれるんですもの。どこか具合でも悪くなさったのかと心配で、騎士様と一緒にお探ししておりましたのよ……あら、ソフィ……？」

ベリンダはようやく、ジークベルトの陰で身を小さくするソフィに気付いたらしい。瞬いた青の目が、繋がれたままの手を見てほんの一瞬、憎々しげな光を帯びた。けれどそれはすぐさま整った微笑に隠された。

「まあ、ジークベルト様。ソフィが何かご迷惑をおかけしましたかしら？」

ジークベルトもまた、整った笑みでそれに応えた。

「ああ、いえ。気分転換に庭園を歩いていたら、たまたまソフィ嬢があなたの兄上に言い寄られて困っているところに出くわしましてね。ソフィ嬢をホールまで送り届けるところなのです」

「まあ、兄が……。お恥ずかしいところをお見せしてしまいましたわ。兄は昔からこの子を実の妹のように溺愛しているものですから、久しぶりに会えて気持ちが高ぶってしまったのでしょう。……ソフィ、お兄様は誰よりもあなたのことを大切に思っているのよ？　あまり無下にしないであげてちょうだいね？　さ、それでは急いで仕事に戻らなくてはね。ジークベルト様、お疲れでございましょう？　休憩室で飲み物でも頂きながら、ゆっくりお礼とお詫びをさせてくださいませ」

ベリンダがエスコートを求めて手を差し出す。しかしジークベルトはその手を一瞥しただけで動かなかった。

「あいにくですが、ベリンダ嬢。私は二人の女性を同時にエスコートできるほど器用な男ではないのです。よろしければギードにエスコートさせましょう。ああ、ご心配なく。彼はこう見えてツァウバル王国の伯爵家の出ですから、あなたをエスコートするのに不足はないと思いますよ」

拒絶されるとは思っていなかったのだろう。ベリンダが顔を強張らせる。刺すような視線を向けられ、ソフィの体温がさっと下がった。

「殿下、わたしは一人で大丈夫ですから、どうかベリンダ様をエスコートして差し上げてください」

「しかし……」

「お願いでございます」

ジークベルトと視線が絡む。ジークベルトが小さくため息をついた。

「……君が望むなら」

繋いでいた手を、そろそろと引く。今度は引き留められることはなかった。

「ギード、ソフィ嬢をホールまで送って差し上げて」

「いえ、そのようなお手間をおかけするわけには」

「私がそうしたいんだ。ギード、頼んだよ」

「お任せを。さあ、行きましょうか、ソフィ嬢」

「はい。それでは失礼いたします」

ジークベルトとベリンダに小さく一礼し、ソフィは踵を返す。ゆったりと護衛騎士がついてくる気配を感じながら、あとはもう振り返ることなくホールへと戻ったのだった。

さらに夜が更け、夜会がお開きになって間もなくのこと。

「ソフィ」

給仕の仕事を終え、化粧箱を手にアルマの家に戻る途中。廊下を歩いていたソフィは、声をかけられてびくりと肩を震わせた。

返事をする間もなく強く腕を引かれ、近くの空き部屋に連れ込まれる。扉を閉め、その前に立ち塞がったのは、目を吊り上げたベリンダだった。

「ソフィ。あなた、わたくしの言い付けをすっかり忘れてしまったようね」

「いえ、忘れてなど……」

「だったら、さっきのはいったいどういうことかしら？　なぜあなたなんかが、あの方と二人きりでいたのよ？」

「あれは本当に偶然――」

「嘘おっしゃい！」

叩きつけるような調子で、ベリンダがソフィの言葉を遮る。

「とんでもない子ね。お兄様に色目を使った上に、ジークベルト様にまですり寄って。なんてふしだらなのかしら」

「そんな……そのようなことは決して……！」

ソフィの否定の言葉を無視して、ベリンダはこれ見よがしにため息をついた。

「ほんと、血は争えないわよねぇ。あんたの死んだ母親と同じ」

ひやりと血の気が引くような感覚があった。続く言葉が容易に想像できて、ぎゅっと化粧道具を持つ手に力がこもる。

「どこの馬の骨とも知れない卑しい身分のくせに、伯父様を誘惑して由緒あるクラプトン伯爵家に卑しい血を持ち込んで」

「……っ」

ソフィは俯き、きゅっと唇を引き結ぶ。素性がはっきりしないソフィの母のことを、血筋にこだわるクラプトン伯爵家の人々は忌み嫌っている。幼い頃から何度も何度も聞かされてきた侮辱の言葉。何度聞いても、慣れることなど決してない。

「そんな女の血を引いた人間がこのわたくしの従妹だなんて、おぞましくて吐き気がするわ」

確かにソフィは、母の生まれた国も、親兄弟のことも知らない。けれど、記憶にある母はとても美しくて優しい人だったし、両親は深く穏やかな愛情で結ばれていた。誰の援助を受けることもなく、家族三人で慎ましくも堅実に暮らしていたのだ。こんなふうに貶《おとし》められる理由などないはずなのに。

「あんたの母親が早死にしたのは天罰よ。巻き込まれて死ぬなんて、伯父様も愚かよねぇ。あんな疫病神となんか結婚しなければよかったのに」

「……やめてください」

俯いたまま、ソフィは言葉を絞り出す。自分への侮辱ならまだ耐えられる。けれど、両親に対するそれをこれ以上我慢し続けることはできなかった。

「お父さんとお母さんを侮辱しないで――」

顔を上げ、ベリンダをまっすぐに見据えようとした次の瞬間、左の頬に衝撃が走った。よろめき、こらえきれずにその場に倒れこむ。ベリンダがソフィの頬を打ったのだ。

手から離れた化粧箱が床に転がり、中身が散乱する。それをベリンダの靴のヒールがギリッと踏みつけた。

「誰が口答えしていいと言ったの!?」

ベリンダが蔑むような目でソフィを見下ろす。

「王宮で侍女の仕事を続けたいと、お兄様に言ったそうね。どうせ男を引っかけようって魂胆でしょう？　卑しい平民のくせに。だけどお生憎様《あいにくさま》、醜いあんたのことなんて誰も相手にしやしないわ。もちろん、ジークベルト様もね」

ベリンダは床に転がった化粧水の瓶を拾い上げると、ソフィの顔目掛けて中身をぶちまけた。

「あーら、手が滑っちゃったわ」

クスクスと歪んだ笑みを浮かべ、ベリンダはソフィの前にしゃがみ込む。取り出したハンカチでソフィの顔を力任せに拭いた。

「まぁたいへん、化粧が落ちてしまったわぁ。ごめんなさいねぇ、せっかく苦労して醜い顔を誤魔化していたのに。でもね、しっかり自覚した方がいいと思うのよ。あんたには醜い火傷痕があるんだってことを。醜い女に価値はないんだってことをね！」

ベリンダは立ち上がり、うなだれるソフィに汚れたハンカチを投げつけた。

「ああそうだわ、いいことを教えてあげましょう。明日ジークベルト様を、我がクラプトン伯爵家の屋敷にご招待しているの。わたくしと二人きりのお茶会にね」

顔を上げると、ベリンダが勝ち誇った顔でソフィを見下ろしていた。

「もう一度言うわ。ジークベルト様の運命の相手になるのはこのわたくしなの。醜いあんたは、這いつくばって床でも磨いているのがお似合いよ」

もう一度化粧道具をぐちゃぐちゃに踏みつけ、ベリンダは部屋を出て行った。

一人残されたソフィは深いため息をつく。こぼれそうになる涙をなんとかこらえ、ソフィはのろのろと床に散らばる化粧道具を拾い集めた。

◇

八年以上経った今も忘れられない記憶がある。

それは、両親を亡くし、クラプトン伯爵家の屋敷で暮らすようになって二年が経ったある日のこと。

「いや！　離して！」

「おとなしくしろ！　穀潰しのお前が、ようやく我が家の役に立てるんだ。光栄に思え」

突然連れて来られた地下室で、ソフィはわけが分からないまま叔父から羽交い締めにされた。

「縛った方がいいのではなくて？」

叔母が眉をひそめながら縄を顎で示す。縄を持つ二つ年上の従兄は、無感動にソフィを眺めている。

その傍らに立つ同い年の従姉は、暗い地下室だというのにベールの付いた黒い帽子を被っている。

「口も塞いでおけ。わめかれると集中力が削《そ》がれる」

神経質そうな声。部屋にはもう一人、灰色のフードで顔を隠した見知らぬ男がいた。男の肩に絡みついた灰色のヘビが、その赤い目で監視するようにソフィを見ている。

力ずくで椅子に縛り付けられ猿ぐつわを嚙まされたソフィは、カタカタと震えることしかできない。

灰色のフードの男が、ソフィの座る椅子を中心に石造りの床に円を描き、見たこともない文字や模様を描き加えていく。その円と一部が重なるように描かれたもう一つの円の中央に、従姉が立った。

(怖い……怖いよ……)

フードの男が分厚い本をめくりながら、聞き覚えのない奇妙な言葉を紡いでいく。

陰鬱なその響きがソフィの不安と恐怖を煽る。

永遠とも思えるような長い詠唱が終わった時、床に描かれた二つの円が鈍い光を帯びた。

フードの男が従姉に目で合図を送る。

従姉は小さく頷き、ベールを上げた。あらわになった顔の左半分には燃え上がる炎のような火傷痕。従姉はそれを自身の右手で覆い隠した。

隠れていない方の目が、暗闇の中で爛々《らんらん》と光る。その目はひたとソフィを見据えていた。体の震えが大きくなる。

従姉がソフィの方へゆっくりと足を踏み出す。

（やめて……来ないで……！）

青い右目が瞬きもせず近づいてくる。

やがて従姉は二つの円が交差する地点で足を止めた。

顔の左半分を覆っていた右手が、ゆっくりとソフィに伸ばされる。その手は不気味な光を帯びている。

（誰か、誰か助けて……！）

恐怖が込み上げ、白い頬を涙が伝う。

伸ばされた従姉の右手がソフィの顔の左半分を覆った瞬間、触れられた部分が焼けつくような痛みに襲われた。

「────っ‼」


あまりの痛みに体が大きく跳ね、ソフィは縛りつけられた椅子ごと床に倒れこんだ。

硬い床で頭を強打し、一瞬目の前が真っ白になる。

「成功だ。お嬢様のお顔はほら、このとおり」

ソフィを見下ろす従姉の白い顔。その左半分にあったはずの火傷痕が綺麗に消え失せていた。

叔父と叔母が歓喜の声を上げる。

「ああ、綺麗な顔……良かったわ、これで堂々と外に出せる……」

「ああ、本当に」

「お父様、お母様……！」

喜びの涙を流し、抱きしめ合う親子。

興奮を滲ませ食い入るようにソフィを見つめる従兄。

ソフィは床に転がされたまま、朦朧《もうろう》とする意識の中でその光景を眺める。

（痛い……痛いよ……お母さん……お父さん……）

涙でぐちゃぐちゃになったその顔の左半分には、炎のような火傷痕がくっきりと
──。

◇

「──フィ。ソフィ」

自分を呼ぶ声に、ソフィは我に返った。俯けていた顔を上げ、声がした方に目をやって小さく息をのむ。リンデンの木にもたれかかり、「やあ」と片手を上げたのは、ジークベルトだった。

「ああ、そんなに畏まらないで」

慌てて腰を落とすソフィに、ジークベルトが朗らかに声をかける。声音と同じく朗らかだった表情は、ソフィの顔を見るなり険しくなった。

「君と話したいことがあって待っていたんだけど──何かあったようだね」

化粧の崩れた無残な顔を見られてしまった。羞恥で頬が熱くなる。すでに素顔を見せたことがあるとはいえ、覚悟して見せるのと不意を衝かれるのとでは訳が違う。

「……お見苦しいものをお見せしました。どうかご容赦ください」

さらに深く頭を下げるソフィに、ジークベルトが足音もなく近づいてくる。磨き上げられた靴が視界に入り、立ち止まった。

「顔を上げてくれないかな。私は君の顔を見苦しいなどとは思わない」

「ですが……」

「顔を見せて」

静かな、けれどきっぱりとした口調。

おずおずと顔を上げれば、ラベンダー色の瞳がソフィを見つめていた。手を伸ばせば届く距離。形の良い眉は心配そうにわずかに寄っている。

「化粧が……それに頬が腫れている。何があったか、聞いても？」

ソフィは目を伏せ、小さく首を横に振った。

「……殿下に気にかけていただくような身分ではございませんので……」

「私が誰を気にかけるかは、私自身が決めることだよ。そして私はソフィ、君のことがとても気にかかっている」

真剣な声音に、ソフィは青の瞳を揺らした。

「なぜ、ですか……？」

ジークベルトの表情にも声にも、冗談を言うような様子はない。けれどソフィには、ジークベルトに気にかけてもらうような価値が自分にあるとはどうしても思えないのだ。身分も美しい容姿も、何も持たないというのに。

「理由はいくつかあるのだけど……一つは、君が魔法使いだからだ」

「え？」

　突拍子もない話に、ソフィは目を瞬いた。

「……魔法使い……わたしが……？」

「やっぱり自覚はなかったんだね」

　何のことか分からず、ソフィは訝しげに眉を寄せた。

「初めにここで会った時、君の顔にわずかながら魔力を感じて驚いたんだ。お茶会でイザベル王妃殿下の顔を見た時にもね。一昨日、実際に見せてもらって確信したよ。君は化粧をする時に魔法を使っている」

「え……？」

「おそらく無意識なのだろうね。訓練を受けたわけではないから効果もそれほど強いものでない。だけど確かに君の化粧には魔法の力が込められている。そうでなければ、君がいかに優秀な化粧師であっても、この火傷痕をあれほど見事に隠してしまうことはできないよ」

「そんな、まさか。だってわたしは……」

　魔力の有無を左右するのは血筋だと言われている。ツァウバル人以外で魔力を持つ例はほとんどない。にわかには信じられない話に、ソフィは呆然とする。

「君の近い血縁に、ツァウバル人がいるのだろうね。お父上は間違いなくカナル人のようだから、おそらくお母上がそうなのではないかな」

「母がツァウバル人だなんて、そんな……」

そんなはずはないと言いかけて、ソフィは口を噤んだ。一つ、思い出したことがあったからだ。

父も母も、ソフィの前で母の生まれ故郷のことを話題にしたことはなかった。けれど母が一度だけ、寝物語に魔法使いが出てくる話をしてくれた時に言ったのだ。「お母さんの生まれた国にはね、本物の魔法使いがいるのよ」と。「誰にも内緒ね」と微笑みながら。

「実を言うとね、君のお母上に心当たりがあるんだ」

「それは本当ですか？」

ソフィは思わず声を上擦らせる。

「今、ギードに調べさせているところだから、はっきりしたら君にも伝えるよ。いずれにせよ、君に魔法の才能があることは間違いない。それも、誰に教わったわけでもないのに無意識で魔法を使えてしまうほどの、ずば抜けた才能だ」

ジークベルトによれば、ソフィが作る化粧水にも、薬草の効果を高める魔法が微弱ながら込められているのだという。

（アルマさんが作っても同じように出来なかったのは、それが理由だったの……？）

ジークベルトの説明がじわじわとソフィの胸に沁《し》みこんでいく。

魔力があると言われても、いまだその実感は全くない。けれどジークベルトが言うならそうなのだと、なぜか自然と思えた。

「魔法……だったのですね。わたし、お化粧の技術が上がったのだとばかり……」

確認するように呟くと、ジークベルトがなぜか眉を下げた。

「その……もし気を悪くしたのなら謝りたいんだけど……魔法を抜きにしても、君の化粧の技術は優れていると思う。……たぶん」

小さな声で言い添え、気まずそうに視線を逸らす。

「すまない、実を言うと化粧のことはよく分からなくてね……」

情けない顔でそう告げるジークベルトを、ソフィは意外な思いで見つめる。多くの女性と浮き名を流してきた人とは思えない率直さだった。

「だけど、これだけは間違いなく言える。君が魔法の力に目覚めたのは、君の思いの強さと、薬草や化粧に対する真摯な姿勢ゆえだ。君が薬草や化粧にかけた時間も熱意も、身につけた技術も、魔法のことは関係なく、それ自体に価値があるものだと思う」

ジークベルトは真剣な顔で言い募る。彼の言いたいことをようやく理解し、ソフィは小さく微笑んだ。

「……ありがとうございます。これまでのわたしを認めてくださって」

正直に言えば、純粋な技術でなかったのは少しだけ悔しい気もしないではない。けれど、真剣に取り組んだおかげで魔法の力に目覚めたのだとすれば、胸を張ってもいいのではないだろうか。

魔法使いの助けは待たない。そう思って努力した結果、自分自身が魔法使いになるだなんて、皮肉な話ではあるけれど。

ジークベルトはホッと頬を緩ませ、「ようやく笑顔を見せてくれたね」と目を細めた。

「それでね、私としてはぜひ君に、ツァウバルで本格的に魔法を学んでほしいと思っている。君が嫌でなければ、君を私の弟子にしたいんだけど、どうかな？」

「わ、わたしが殿下の弟子ですか!?」

「……嫌？」

ギョッとして聞き返すと、ジークベルトが悲しげに眉を下げた。ソフィは慌てて首を横に振る。

「嫌だなんて、そんなこと……！」

嫌ではないが、平民の身分で王族に弟子入りだなんて、畏れ多くて眩暈《めまい》がしそうだ。

「私はツァウバルの王立魔法研究所の所長をしているし、適任だと思うんだ。ああ、もちろん住む場所や必要な物は全て私の方で準備するから、そこも心配しないで。……まだ何か不安がある？　遠慮せずに君の気持ちを聞かせて？」

ソフィの浮かない表情に気付いたのだろう。ジークベルトがソフィの目を覗きこんだ。その紫色の瞳を見つめ返したまま、ソフィはゆっくりと言葉を紡ぐ。

「あの、もし……もしも本当にわたしに魔法の力があるのなら、あの人達がわたしを自由にはさせないと思うのです……」

もし未熟ながらも魔法が使えるとなれば、あの叔父家族はソフィを簡単に手放しはしないだろう。あれこれと理由をつけて留め置き、ソフィを利用しようとするはずだ。そうなればイザベル王妃も叔父達に味方するに違いない。ツァウバル以外の国では、魔法使いは非常に貴重な存在なのだ。

「その点については私に考えがある。どんな手を使ってでも、君をツァウバルに連れて行くよ。君がそれを望んでくれさえすれば」

ジークベルトの力強い言葉に、ソフィの気持ちが大きく揺らぐ。それでもソフィは頷かなかった。気がかりなことがもう一つある。

「少し、考えさせていただけないでしょうか。急なお話ですし……」

「もちろん。アルマ殿にも相談しなければならないだろうしね」

ソフィはハッとしてジークベルトの顔を見た。ソフィが気になっていたのは、まさにアルマのことだったからだ。

凍えそうになっていたソフィを救い、師匠として導いてくれたアルマ。「人に作ってもらう料理は格別だね」と、ソフィの拙い料理を頬張る姿が脳裏をよぎる。アルマがいなければ今のソフィはない。アルマに相談もなしに決めるような不義理な真似はできなかった。

そのアルマはすでに休んでいるのだろう。家の灯りは玄関先のランプを除き、全て消えている。

「私は明後日《あさって》の祝賀の夜会が終わり次第、ツァウバルに戻る予定にしているんだ。もし、私と一緒に来るつもりがあるなら、夜会が始まる前に、このリンデンの木の下に来てくれるかな？」

ソフィがおずおずと頷くと、ジークベルトはふわりと微笑んだ。

「良い返事を期待しているよ。私のもとできちんと修行すれば、君はきっと優秀な魔法使いになれる。もっと完璧に火傷痕を隠すこともできるようになるだろう。だけど、もっと根本的に……」

ジークベルトは右手をソフィの左頬に伸ばし、触れる直前で動きを止めた。

「私が君を気にかける理由のもう一つは、この火傷痕なんだ。……触れてもいい？ 確かめたいことがあるんだ」

躊躇いつつも小さく頷くと、大きな手の平がソフィの頬をそっと包み込んだ。

ジークベルトはしばらく無言でソフィを見つめていたが、「これは……」と呟いて形の良い眉をひそめた。

続いて、ジークベルトの口が聞き慣れない言葉を紡ぎ出す。と同時に、頬に触れる手の平がじわりと温かくなった。

「……やはり効かないか」

ジークベルトは小さくため息をつき、ソフィの頬から手を離した。

「ソフィ、この火傷痕はどうやってできた？ 君の従姉殿は誤って熱い紅茶を頭からかぶったのだと言っていたが、違うだろう？」

確信めいた口調。ソフィは息をのみ、目を見開いた。唇がわなわなと震える。

「これは、この火傷痕は……っ、あ……ぁ……ぅ……」

突然襲い掛かってきた息苦しさに、ソフィの言葉は途切れた。

(息が……吸えない……この方に、本当のことを伝えたい、のに……)

なんとか声を絞り出そうとすればするほど息苦しさが増していく。ぶるぶると震える手から化粧箱が滑り落ち、地面に落ちる。額に玉のような脂汗が滲む。

突然様子のおかしくなったソフィに、ジークベルトが顔色を変えた。

「ごめん、触るよ」

指先でソフィの首筋に触れたジークベルトは、苦々しい顔で舌打ちをした。

「くそっ……。ソフィ、落ち着いて。喋らなくていい。君の身に起きたことは概《おおむ》ね把握した。だから私に伝えようとしなくていい」

涙の滲む目で見上げると、ジークベルトが深く頷いた。

安堵とともに呼吸が再開される。ふらりとよろめいたソフィの体をジークベルトが抱きとめた。

「あ……もうしわけ……」

「構わない。このままで」

慌てて離れようとしたソフィの耳元でジークベルトが囁く。さらに力が抜けたソフィは、その身を力強い男の腕に預けた。

ジークベルトは満足そうに頷いてから、神妙な面持ちになった。

「そのまま聞いていて。返事をする必要も、頷く必要もない」

ゆっくりとした瞬きで了解した旨を伝えると、ジークベルトは静かな声で続けた。

「君のこの火傷痕は、元は別の人間にあったものだね？」

「……っ！」

ソフィの青の瞳が、大きく見開かれる。

九年前のあの日、熱い紅茶を頭からかぶったのはベリンダだった。ジークベルトがクラプトン伯爵家を訪問した晩のことだ。卑しい使用人の分際でジークベルト様に声を掛けられるなんて生意気だと、ソフィの背中を鞭で何度も打ったベリンダ。その鞭がさらに顔面に振り下ろされそうになって恐怖し、抵抗したら揉《も》み合《あ》いになった。二人して、そばで給仕の支度をしていたメイドにぶつかり、取り落したティーポットの中の紅茶がベリンダの顔を直撃した。

ベリンダの顔に残った火傷痕は、それから一年後、あの暗い地下室で、そっくりそのままソフィに押し付けられた。灰色のローブをかぶった魔法使いの、恐ろしい魔法で――。

「君の顔からは、化粧をしていない時にも魔力が感じられた。君とは違う人間の魔力が。それに、さきほどこの火傷痕に治癒魔法を試したがまるで効果がなかった。君自身が負った火傷であれば、多少なりとも効果があるはずなんだ。これらの事実を併せれば、この火傷は身代わりの魔法によって他人から君に移されたと考えるのが妥当だ」

ソフィの瞳が大きく揺れた。涙が盛り上がる。

「さらにそのことを口外できないよう、ご丁寧に禁言の魔法まで施されてる。人道にもとる行いだ。どちらの魔法も、我が国では無許可で使用することは禁じられている」

吐き捨てるように言うジークベルトの瞳には、激しい怒りの色が滲んでいる。ソフィを支える手にぎゅっと力を込め、ジークベルトは労《いたわ》るような眼差しをソフィに向けた。

「辛かったろう、ソフィ。火傷痕を負わされ、誰にも相談できず、ずっと一人で戦ってきたんだね」

ソフィの瞳からついに涙がこぼれ落ちた。

「ソフィ、私は君を助けたい。さっき火傷痕に触れて確信したよ。君にこの残酷な魔法をかけたのは、私が追う犯罪者、『灰色の魔法使い』クヴァルムだと。奴は私の兄弟弟子でね、外道だが力のある魔法使いだ。奴がかけた魔法を解くのは、私の力をもってしても容易《たやす》いことではない。だけど、たとえ何年かかっても必ず解いてみせる。だからどうか、私を信じて、共にツァウバルに来てほしい」

ジークベルトの紫の瞳が、ソフィをまっすぐに見つめている。

「明後日の夕刻、このリンデンの下で待ってる」

耳元で、ジークベルトが囁く。

涙で頬を濡らしながら、ソフィは静かに頷いた。


翌朝はいつもどおりアルマと共に薬草園に出て作業し、共に朝食をとり、アルマが薬を作るのを手伝った。

そうしてアルマと過ごしたソフィだったが、肝心の話を切り出せないまま昼が過ぎ、ソフィは王妃の化粧とお茶会の給仕の仕事に向かった。

お茶会は周辺国からお祝いに訪れている貴婦人達を招いてのもので、招待客の中にもちろんジークベルトの姿はない。分かっていることなのに、少しだけ落胆してしまう。

給仕を終え、王宮の廊下を歩いていても、無意識に背の高い銀髪の後ろ姿を探してしまう。今日はまだ一度もジークベルトの姿を見かけていない。初めて薬草園で会った日以来、毎日顔を合わせ、言葉を交わしていたのに。

（そういえば、クラプトン伯爵家のお茶会に殿下を招待しているって……）

ベリンダの勝ち誇ったような顔を思い出す。ジークベルトからは何も聞いていないが、今頃は伯爵邸でベリンダと一緒にいるのかもしれない。

服の上からペンダントに触れる。ほんのわずかに漂う香りではじめに思い浮かべるのは、いつのまにか母の笑顔ではなく、ソフィを見つめる紫の瞳になっていた。

（あの方は、運命の女性を探しにこの国にいらしてるんだもの……）

王妃殿下のお茶会でその話を聞いた時には、自分にはおよそ関係のないことだと思っていたのに、今はそのことが気になって仕方がない。

（見つからなければいいのに。運命の相手なんて……）

そんな身勝手なことを考えている自分に気付き、ソフィは密かにため息をついた。

その後、王妃の化粧を直し、小規模な晩餐会での給仕を終えて、ソフィは家へと戻る。

しばらくすると、アルマが夜の往診を終えて戻ってきた。

アルマは、寝支度もせずに起きて待っていたソフィに目を留めると、「お茶でも飲むかい」と静かに声をかけた。

「あ、でしたらわたしが……」

「いいから、弟子はおとなしく座って待ってな」

アルマはソフィを制し、さっさとお茶の準備に向かう。

やがて、優しいカモミールの香りとともに、アルマはテーブルについた。

「それで。何かアタシに話したいことがあるんじゃないのかい？」

アルマの問いかけにソフィはハッとし、それから小さく頷いた。

「実は……ジークベルト殿下から、弟子にならないかと誘われました」

「なんと……」

アルマが目を見開いて絶句する。それから大きく息を吐き出した。

「……昨日の晩、何やら話をしていたのはそのことだったんだね。それでお前さん、何て答えたんだい？」

「少し考えさせてほしいと。アルマさんに相談しなきゃって……」

ふぅんと唸り、アルマは目を眇めてソフィを見た。

「だけどソフィ。お前さんの中で、もう答えは決まってるんじゃないかね？」

ソフィは小さく息をのむ。

「それとも、アタシが行くなと言えばツァウバル行きを諦めるのかい？」

「それは……。だけどわたしはアルマさんの……」

ソフィは口ごもる。

「もしアタシに気を遣ってるんだったら、そりゃ余計なお世話ってもんだ。弟子に心配されるほど耄碌《もうろく》しちゃいないいつもりだよ。元々一人でやってたんだ。お前さんがいなけりゃいないで、どうとでもなるんだからね」

軽い口調で言い、アルマはお茶をずずっと啜る。

「でも、わたしは寂しいです……」

ソフィの声は小さく震えた。アルマがカップを持つ手を止めた。落ちくぼんだ目がじわじわと見開かれる。

「アルマさんに助けていただいて、たくさんたくさん教えていただいて……わたし、アルマさんの弟子でいられて本当に幸せなんです。それなのに、あの方の弟子になりたいって……おそばにいたいって、そう思ってしまって……」

「ソフィ……」

アルマはカップを置いて立ち上がると、しわくちゃの手で、肩を震わせるソフィの背を撫でた。

「ありがとうよ、ソフィ。そうだね、本当のことを言うとアタシも寂しいさ。だけどね、弟子が巣立つのは嬉しいことでもあるんだよ。……それに、ここから先は、アタシじゃお前さんの師匠は務まらないだろうからね。魔法使いではないアタシじゃあね」

ソフィは涙で潤んだ目を上げてアルマを見た。

「……気付いておられたのですか？」

「確信はなかったけどね、お前さんの作る化粧水や見事な化粧を見て、もしやとは思っていたよ。アタシは本物の魔法使いを知っているからね」

「……わたし、ツァウバルに行ってもいいのでしょうか？」

瞬きをしたソフィの目から、涙が一粒こぼれ落ちる。アルマが優しく目を細めた。

「行っておいで。辛いこともあるだろうけど、お前さんは薬草のような子だ。困難に耐えて特別な力を得たように、ツァウバルでもきっと花を咲かせるだろうよ。もしどうしても嫌になりゃ、ここに戻ってきてもいいんだからさ」

「アルマさん……っ！」

声を詰まらせるソフィの肩を、アルマが優しく抱いた。


翌日、祝賀の夜会当日。白薔薇宮は朝から使用人総出で夜会の準備を行い、ソフィも手伝いに駆り出されていた。

昼からは、イザベル王妃の化粧。他の化粧係と協力し、いつもより念入りに肌を整え、白粉を施していく。一通りの化粧を終えた王妃は、ドレスや宝飾品、髪の準備に移る。夜会直前にもう一度化粧を整える予定だが、しばらくソフィの出る幕はない。

時刻は間もなく夕刻。ジークベルトとの約束の刻限が迫っていた。

(急いでリンデンの下に行かなくちゃ……)

急ぎ足に廊下を歩いていたソフィを、顔見知りの女官が呼び止めた。

「ソフィさん、お客様がお待ちですよ。急ぎの用事があるとかで……」

「お客様、ですか……？」

ソフィは首を傾げる。心当たりのない話だった。ソフィが王宮に勤め始めておよそ一年。ソフィを訪ねて来た人は誰もいない。

（もしかして、殿下かしら？　予定が変わってこちらに……？）

女官に案内されてやって来たのは、王宮のはずれの小さな応接間。中に入ったソフィは、息をのんで固まった。

ソファにゆったりと腰掛けていたのは、美しい紫色のドレスで着飾ったベリンダだった。

「急に呼び出してごめんなさいね、ソフィ」

非の打ちどころのない美しい微笑みでソフィを出迎えたベリンダは、女官が去って二人きりになるなり表情を消した。

「馬車を待たせてあるわ。すぐに向かいなさい」

意味が分からず、ソフィは立ち尽くす。ベリンダは苛立ったように眉を寄せた。

「聞こえなかったのかしら？　今すぐ馬車に乗って、クラプトン伯爵邸に行くのよ」

「そ、それはどういう……？」

からからに乾いた口でようやく声を絞り出すと、ベリンダが小馬鹿にしたように鼻を鳴らした。

「察しが悪いのねぇ。あなたは今この時限りで王宮の仕事を辞して、実家であるクラプトン伯爵邸に戻るのよ。理由は、そうね、急な体調不良とでもしておこうかしら。

その旨の辞表を一筆書いておいてもらうわ。紙とペンはそこよ。早くしないと夜会が始まってしまうじゃないの、急ぎなさい」

ベリンダがローテーブルの上を顎で示す。

「な、なぜ」

「なぜって、あなたに邪魔されたくないからよ」

ふいにベリンダが口角を上げた。

「わたくしね、ジークベルト様の運命の相手に選ばれたの。昨日、二人きりのお茶会の別れ際、わたくしの手を取ってあの方はおっしゃったわ。祝賀の夜会で運命の相手に求婚するつもりだと。夜会にはぜひ紫のドレスを着て来てほしいと」

ベリンダはうっとりと、ジークベルトの瞳の色に似たドレスを見下ろす。

「でもね、わたくしは慎重なの。ジークベルト様はどういうわけかあなたを気にかけてる、忌々しいことにね。あなたをこれ以上、一瞬たりともあの方の視界に入れたくないの。入れてはならないと、わたくしの勘が訴えてるのよ」

だからね、とベリンダは口の端を上げた。

「あなたには消えてもらうことにしたの。ああ、心配しなくても命までは取らないわよ。もしあなたが死んで、身代わりの魔法が解けるようなことがあっては困るもの。

あなたのことはお兄様が引き受けてくださることになっているわ。ほんと、お兄様の趣味の悪さには呆れてしまうけれど、今回ばかりは利害が一致したというわけ」

聞いているうちに血の気が引いていく。先日の、異様な目をしたセオドアを思い出すと足が震えてしまう。

（絶対に嫌！　わたしはあの家には戻らない。あの方についてツァウバルに行くと決めたんだから……！）

ソフィは俯いたまま口を開く。

「お、お断りします。わたしは伯爵家には戻りません」

わずかに震えた声で告げると、ベリンダが不愉快そうに眉を寄せた。

「悪いけど、あなたに選択権はないの。言うとおりにしないなら……そうね、あなた、知ってるかしら？　この世には、急な病で死んだとしか見えないように人を殺せる秘薬があるの」

さっと顔色を変えたソフィに、ベリンダがくすりと口の端を上げる。

「あの薬師、もうずいぶんな年よねぇ？　急に死んでも、誰も不審には思わないでしょうね……」

ベリンダの笑顔がぐにゃりと歪む。足下が崩れるような感覚がソフィを襲う。震える手で、ソフィはペンに手を伸ばした。

人目を避けるようにしてクラプトン伯爵家の馬車に乗せられ、屋敷に着くなり地下室に閉じ込められた。八年前、灰色のローブをかぶった魔法使いによって、火傷痕をつけられた忌まわしい場所。あの時と変わらぬ澱んだ空気に、息が苦しくなる。

閉じ込められてから、どのくらいの時間が経っただろう。天井近くの換気口からわずかに見える空に光はない。すでにイザベル王妃の誕生日を祝う夜会は始まっている時刻と思われた。

(約束の場所に、行けなかった……)

冷たい床で膝を抱え、ソフィは顔を埋める。

『夕刻、このリンデンの下で待ってる』

ジークベルトはそう言った。約束の時刻はとっくに過ぎている。あの美しい魔法使いは、もう待ってはいないだろう。ソフィが約束の場所に現れないことを「否」の返事と受け取って、ツァウバルに帰ってしまうに違いない。

(運命の相手……ベリンダ様を連れて……)

ジークベルトの運命の相手に選ばれたと、ベリンダはソフィに告げた。信じたくはないが、ベリンダが見栄《みえ》や妄想でソフィにそんな嘘をつくとは思えない。

ソフィには理解できないことだが、どうやらベリンダには、いやクラプトン家の人々には、他者を惹きつける不思議な魅力があるらしいのだ。夜会やお茶会で、クラプトン家の陰口を言っていた人が、その数日後にはがらりと態度を変えている。給仕をしながら、そんな場面を何度も見てきた。

ベリンダも、頻繁に屋敷でお茶会を開いては、その度に信奉者を増やしていると聞く。イザベル王妃すら例外ではなく、令嬢達の中で格別ベリンダを気に入っていることは傍目《はため》にも明らかだ。そしてそれに対して誰からも不満の声が上がらない。

ジークベルトは昨日、クラプトン伯爵邸を訪れ、ベリンダと二人きりで過ごしていたという。ジークベルトもまたベリンダに魅了されたのだとしたら――。

胸元からペンダントを取り出し、手の平に乗せた。暗がりの中、銀と紫が、わずかな光を拾いきらめく。紫の石を指先で撫でながらソフィは願う。

「あの方の香りを……」

途端にふわりと広がりソフィを包み込んだ香りの優しさに、鼻の奥がツンと痛くなった。

（一緒に行きたかった。運命の相手でなくていい、ただの弟子で構わないから……）

それが叶わないとしても、遠くからでいい、最後に一目ジークベルトに会いたかった。

伯爵邸に連れて来られてから、まだセオドアには会っていない。伯爵家の四人は今頃、王妃殿下の誕生日を祝う夜会に参加しているはずだ。夜会が終わり、セオドアが戻ってきた時、自分はどうなってしまうのか。想像しただけで体が震えた。

（逃げなきゃ。だけど、どうやって……）

唯一の扉に拳を打ち付け、何度も声を上げるが反応はない。分かりきったことではあった。この屋敷にソフィの味方は一人もいないのだ。

換気口の下から上を見上げる。手が届く高さではない。たとえ届いたとしても、金網のはまった換気口は、ソフィが通り抜けられるような大きさではない。

「誰か……！」

無駄と分かりつつ、ソフィは外に向かい声を張り上げる。

「誰か助けて！　……アルマさん、クーちゃん！　……殿下……」

だんだん、声は尻すぼみになっていく。もちろん応える者はいない。ソフィは絶望に膝をつく。

その時だった。ソフィの耳が、「カァ」というカラスの鳴き声を拾った。ソフィはハッと顔を上げる。バサバサという羽音とともに、換気口の外に小さな黒い影が舞い降りた。カラスのクーだった。

「クーちゃん！」

ソフィはせいいっぱい背伸びし、クーに手を伸ばす。応えるようにクーは何度も金網を嘴で突くが、金網はわずかに歪んだ程度。

「クーちゃん助けて……ううん、無理なことは分かってる……。せめて……せめてジークベルト殿下に、いいえ、シュネー様にお伝えして。約束の場所に行けなくてごめんなさいって。どうかお元気でって。お願いよ、クーちゃん……」

クーは顔を傾けてじっとソフィを見ていたが、「カァ」と一声鳴くと再び飛び立った。

カラスの羽音が徐々に遠ざかり、すっかり聞こえなくなった時、扉の鍵がカチャリと小さな音を立てた。

（誰……!?　まさかもうセオドア様が……!?）

ソフィは急いでペンダントを服の中に隠し、壁際で身を固くする。重たい扉がゆっくりと開いていき、半開きの扉の隙間から、細身の男が静かに入り込んだ。

「ゴードンさん……？」

現れた執事ゴードンは、冷ややかな目でソフィを見下ろしながら、人差し指を立てて自身の唇に当てた。

「お静かに。あなたをここから逃がします」

目を見開いて固まるソフィを見て、ゴードンは皮肉げに口の端を歪めた。

「信用できませんか。まぁ無理もないことですが――」

「信じます」

静かな声音で答えると、ゴードンは口を噤み、無言でソフィを見つめた。

「気付いたんです。ゴードンさんはこれまで、何度もわたしを助けてくれました。わたしに学びの機会を与え、白薔薇宮に逃がしてくれた……」

今ようやく確信が持てた。古くからクラプトン伯爵家に仕えるこの忠実な執事が、誰にもそうとは悟らせないまま、ソフィを助けてくれていたことを。

「でも、なぜですか？　ゴードンさんは、わたしを嫌っているのに……」

密かにソフィを助けてくれたゴードン。けれどその目に浮かんでいた嫌悪の色は、とても演技のようには見えなかった。ゴードンは目を伏せ、深く息を吐き出す。

「……私の心情を事細かに説明するつもりはありません。あなたが見聞きしたものが全てです。……願わくば、クラプトン伯爵家当主となったモーリス様に……当主のご令嬢としてのあなたにお仕えしたかった。それだけが無念です」

ゴードンは静かにそう言うと、足音を殺して歩み寄り、ソフィの手を取った。

「さあ、急ぎなさい。今はまだあなたがここにいることは、旦那様と奥様はご存じありません。旦那様がお戻りになり明確なご命令を下されたら、私はもうそれに反することはできません」

扉に向かって歩き出すゴードン。手を引かれ、ソフィも歩き出す。

「ゴードンさんは大丈夫なのですか？　わたしを助けたりして……」

「勘違いしないように。私はこの屋敷からあなたを逃がすだけ。それ以上の援助をするつもりはありません。旦那様達が夜会からお戻りになる前に、少しでも遠くに行きなさい。誰もあなたを知らない地で大人しく――」

扉を出ようとしたところで、ゴードンの言葉がふいに途切れた。その体がその場に崩れ落ちる。引っ張られて尻餅をついたソフィは、床に倒れ込んだゴードンを見て短い悲鳴をあげた。

ゴードンの腹に、深々とナイフが突き刺さっている。おびただしい量の血が石造りの床に広がっていく。

「ゴードンさん……！」

「な……ぜ……」

苦悶《くもん》の表情でゴードンが睨み付《つ》ける先を見て、ソフィはびくりと体を震わせた。

扉の入り口にセオドアが立ち、ソフィとゴードンを見下ろしている。逆光で暗いセオドアの顔にはうっすらとした笑みが浮かんでいる。

「なんだか嫌な予感がして夜会を抜けてきたんだけど、正解だったなぁ。ねぇゴードン、僕のソフィをどこに連れて行くつもりだったの？　ねぇ！」

セオドアが倒れたゴードンの胸を靴の踵《かかと》で小突く。ゴードンは苦しげに呻いて動かなくなった。

やれやれと肩を竦め、セオドアがソフィに向き直った。ソフィは尻餅をついたままずりずりと後ずさる。

「可愛いソフィ、どこに行くの？」

セオドアが楽しげな微笑みを浮かべ、ゆっくりとソフィに歩み寄る。じきにソフィの背中は壁に当たった。

「ふふっ、もう逃げられないね？」

「ひっ……！」

青ざめて震えるソフィを見下ろし、セオドアがうっとりと頬を染めた。

「あァ、いいね……本当にいい顔をするなぁ、ソフィは。僕はね、八年前からずっと君の虜《とりこ》なんだ。この地下室で椅子に縛り付けられて、醜い火傷痕をつけられ、痛みと恐怖で涙を流す君を目にした時からね。あの時の君は……はァ……全身の血が滾《たぎ》るほどに哀れで愛らしかった……。さぁソフィ、邪魔が入らないうちに僕の別宅に行こう。誰にも邪魔されない、僕たちの愛の巣だよ」

セオドアがソフィの手を取り、音を立てて指先に口づける。ぞくりと全身が粟立った。

「いやっ、離して……！」

振り払おうともがくソフィの爪が、セオドアの顔を掠めた。セオドアの頬に赤い線が走る。セオドアがわずかに眉を寄せた。

「いけない子だなぁ、ソフィは。やっぱり縛っておいた方がいいね」

言うが早いか、セオドアは縄を取り出し、ソフィの両手首を縛り上げた。

「これでよし、と。気分はどうかな？」

にこにこと尋ねるセオドアを、ソフィは震えながら睨みつけた。

「こ、こんなことをしても、わたしの心は絶対にあなたのものにはなりません……！

わたしがお慕いするのは――」

セオドアの人差し指がソフィの唇に触れる。首を傾け、瞬きもせずにソフィの顔を覗き込んだ。

「あの忌々しいツァウバルの王弟だなんて言うんじゃないだろうね？　駄目だよソフィ。いくら寛容な僕でも、二人きりの時に他の男の名前を口にするのは許せないなぁ。……やっぱりあれを使おうか」

セオドアが上着のポケットから長方形の黒い小箱を取り出した。中には透明の液体で満たされた小瓶と、注射器。

「これはね、『蠱惑の蜜』というんだ。魔法使いの秘薬だよ」

セオドアが小瓶を取り出し、ソフィの目の前に掲げて見せた。小瓶の中で液体がとろりと揺れる。

「使い方は簡単。ここに髪の毛でも爪でもいいんだけど、体の一部を溶かし込み、それを相手に摂取させて心を奪う」

言いながらセオドアは小瓶の蓋を開け、自身の頬の血を指で拭い取り、小瓶に浸した。途端に中の液体が沸騰したように泡立つ。その泡はすぐに消え、それと同時に液体はその色を毒々しいピンク色に変えた。

「心を奪うと言っても、ごく少量なら相手に好意を抱かせる程度だからね、誰も不審には思わない」

「ま、まさか……」

不思議なほどにクラプトン家の人々が社交界で慕われていた理由。それはこの秘薬の効果だったのだろうか。セオドアは肯定するように小さく微笑んだ。

「一方で、一度に大量に秘薬を摂取させると、どうなると思う？　狂おしいほど相手を乞い求め、その人なしでは生きていられないほど依存させることができるんだ。……ああ、そうだ、いいことを教えてあげようかな」

セオドアが楽しそうに笑う。

「昨日ベリンダがね、この秘薬をあの王弟に飲ませたんだ。紅茶に混ぜて、かなりの濃度でね。さっきの夜会でも、あの男はファーストダンスをベリンダと踊っていたよ。今頃は皆の前で、ベリンダを運命の相手だと宣言しているんじゃないかな？」

「そんな……」

仲むつまじく寄り添う二人を想像し、ソフィの心臓がぎゅっと締め付けられる。

「ああ、そんな顔をしないで。ソフィには僕がいるよ。この秘薬で、あの男のことなんか忘れさせてあげる。だけどソフィは体質的に耐性があるのかな？　何度かお菓子に混ぜて与えてみたけど、少量じゃほとんど効果が感じられなかったんだよね。だからこうするのがいいと思うんだ」

セオドアはピンク色に輝く液体を注射器に移し替える。ソフィの左袖を強引にまくり上げると、肘の内側に注射針の先を当てた。ひやりと背筋が凍る。

「や、やめて……お願い……」

「少し痛いけど、我慢してね」

ぷつり、と針の先がソフィの肌を刺した。ゆっくりと、禍々しいピンク色の液体がソフィの体内に送り込まれる。痺《しび》れるような得体の知れない感覚が、じわじわと全身に広がっていく。

「ふふっ、震えてる。可愛いね……。大丈夫、すぐに楽になるよ。あの男のことなんか忘れて、僕のことしか考えられないようになるからね」

やがて薄いベールをかけたように、頭がぼんやりとしてきた。

「愛してるよ、ソフィ。絶対に君を幸せにすると誓うよ。僕のことだけを見て、僕が与える痛みだけに快楽を感じる身体になるよう、じっくり調教してあげるからね……」

セオドアの声が、甘く心地よく耳に染みこんでいく。セオドアの手が愛おしげにソフィの左頬を撫でる。身体が疼《うず》くような熱を持つ。

（あ、あ、あいしてる……わたし……せおどあさま……あいしてる……）

焦点の合わない目でセオドアだけを見つめる。薄く開いた唇の端から唾液がつぅっと流れ落ちる。セオドアの笑みが深くなった。

「さぁ、言ってごらん、ソフィ。君が愛してるのは誰？」

「わた、わたしが、あ……あいし……」

その時ソフィの胸元で、ペンダントがピシリと音を立てた。

立ち上ったた甘く優しい香りがソフィを包み、ソフィの頭にかかったもやを徐々に晴らしていく。呼吸が少しだけ楽になる。

いまだ体の震えは止まらない。それでもソフィは、毅然《きぜん》としてセオドアの目を見返した。

「わたしがあなたを愛することはありません。わたしがお慕いしているのは、ジークベルト殿下です！」

セオドアが顔を歪ませ、右手を振り上げた。

「他の男の名を口にするなと――」

ソフィはぎゅっと目を閉じる。けれど覚悟した衝撃は訪れなかった。

目を開けると、セオドアが手を振り上げた格好のまま動きを止めていた。

「は？　え？」

セオドアの顔が混乱と焦燥に染まる。

「眠れ」

涼やかな、それでいて圧のこもった声が響く。と同時に、セオドアが床に倒れ込んだ。

「ソフィ、無事か⁉」

扉から駆け込んできた人の姿に胸が震えた。

「……ジークベルト殿下……」

張り詰めていた糸が切れたかのようにソフィの体がふらりと傾ぐ。

「ソフィ！」

ジークベルトがソフィの体を抱きとめる。美しい紫の瞳が、ソフィをまっすぐに見つめている。

（ああ、お母さん……）

『きっと来てくれるわ。ソフィが困った時にはきっと……』

幼い頃に聞いた母の言葉が脳裏に甦る。

美しい魔法使いが、遠慮がちにソフィの体を抱きしめる。その心地よさに安堵して、ソフィは意識を手放した。


イザベル王妃の誕生日を祝う夜会は、盛会のうちに終わりを迎えようとしていた。

「王妃殿下、最後のご挨拶に伺いました」

国王への挨拶を終えたジークベルトが、イザベル王妃の前で恭しく礼をした。

「ああ、この夜会が終わり次第、転移の魔法でお国に戻られるご予定でしたわね。

……そういえば結局、運命のお相手は見つかりましたの？」

「実はそのことで、王妃殿下にお願いがあるのですが……」

あら、とイザベル王妃の目が期待に輝く。

「どうやら先読みのとおり、運命の相手と巡り会えたようなのです」

「まあ、そうでしたのね！」

「それで、彼女をツァウバルに連れ帰るお許しを頂きたいのです。もちろん、本人の承諾を得た上で、ということになりますが……」

「ええ、ええ、もちろん許可しますとも！　カナル王国王妃の名において請け合いましょう。ツァウバルの王弟殿下にして世界有数の魔法使いであるジークベルト殿の伴侶が我が国から出るだなんて、願ってもないことですもの！」

「ありがとうございます。そのお言葉を聞いて安堵いたしました」

ジークベルトの唇が美しい弧を描いた。

「それで、誰なのです？　その幸運な女性は。もう本人にはお伝えになったの？」

イザベル王妃が興奮ぎみに身を乗り出した。夜会の参列者達もお喋りを中断し、興味津々で上座の二人のやり取りに注目している。

「実はまだなのです。ご迷惑でなければ、今この場で彼女の意志を確認してもよろしいでしょうか？」

「まあ！　ということは、この会場に運命のお相手がいらっしゃるのね！　ふふ、聞きましたわよ、ジークベルト殿。昨日、クラプトン伯爵邸でベリンダ・クラプトンと長い時間を過ごしていたと。さきほどもベリンダと真っ先にダンスを踊っていましたわね」

ジークベルトが思わせぶりに口の端を上げ、成り行きを見守っていた周囲の人々を振り返った。期待と好奇心に満ちたざわめきが起きる。

ゆるりとホールを見回したジークベルトは、すぐにお目当ての人を見つけた様子で視線を定め、美しい顔に甘やかな微笑みを乗せた。溢《あふ》れ出た色気に、会場の令嬢達から黄色い声が漏れる。

ジークベルトは会場の視線を一身に集めながら、ゆったりと歩を進める。それに合わせて人の波が割れる。

ジークベルトの向かう先には、彼の瞳の色と同じ紫色のドレスをまとったベリンダが、頬を染めて立っていた。

「ジークベルト様……」

ベリンダがうっとりとジークベルトを見つめ、片手を差し出す。

ジークベルトもまた麗しい微笑みでベリンダに歩み寄り――。

「……え？」

けれどその横を無言ですり抜けた。片手を宙に浮かせた姿勢で固まるベリンダには見向きもせずにさらに進み、壁際で足を止めた。

壁際に佇む女官姿のソフィ。その顔の化粧は崩れ、醜い火傷痕が露わになっている。

ジークベルトがソフィの前に跪くと、会場から悲鳴混じりのどよめきが起きた。

ジークベルトはそんな周囲の動揺など気にした様子もなく、姫君を前にした騎士のように、左手を自身の胸に当ててソフィを見上げた。

「ソフィ嬢、美しく聡明《そうめい》なあなたに心を奪われてしまいました。私の妻として、共にツァウバルに来ていただけますか？」

恭しく右手を差し出され、紫の瞳にまっすぐ見つめられて、ソフィは息をのんだ。

周囲のざわめきが遠のいていく。

（今……今、妻とおっしゃったの？　まさか、そんなこと……）

想定外の言葉に思考が停止し、かぁっと頬に熱が集まる。

「ソフィ嬢？　この手を取っていただけますか？」

ジークベルトが意味ありげに口角を上げ、小さく首を傾げる。

その瞬間、伯爵邸の地下室でのやり取りが脳裏に蘇《よみがえ》った。

あれから間もなく、ジークベルトの腕の中でソフィが意識を取り戻した時、すでにセオドアは護衛騎士ギードによって拘束されていた。

一方、セオドアに腹部を刺されたゴードンは、ジークベルトの治癒魔法により止血され、一命を取り留めていた。

『状況的にソフィを助けようとして刺されたようだったから、一応ね。古参の執事ならば、クラプトン伯爵家の悪事を明るみにするにも、いくらか役に立つだろう』

ソフィを逃がそうとして刺されたゴードン。その命が助かったことにソフィは安堵し、救ってくれたジークベルトに感謝を告げた。

ジークベルトに支えられたままそんな会話を交わしていると、カラスのクーがソフィの胸に飛び込んできた。驚くソフィに告げたジークベルトの説明に、ソフィはさらに驚かされた。

『君のその使い魔が知らせてくれたんだ、君がここに囚われていると、シュネーを介してね』

なんと、ソフィ自身も気付かないうちに、クーはソフィの使い魔になっていたらしい。生まれて間もない時期から、自らの食べ物を分け与えて育てること。それが生き物と使い魔の契約を交わす条件の一つなのだという。白薔薇宮に現れたクーは、魔法使いの力に目覚めたソフィの魔力に呼応してやって来たということらしい。

『この屋敷に来ておいて良かったよ。おかげで転移の魔法で君を助けに来ることができた。君もよく耐えたね。ペンダントの護りも君の助けになったようだ』

胸元からペンダントを取り出して見ると、紫の石に大きな亀裂が入っていた。

その後、クラプトン伯爵邸の制圧を簡潔にギードに指示すると、ジークベルトはソフィに向き直った。

『私はこれから夜会に戻り、クラプトン伯爵家の悪事を国王陛下と王妃殿下の前で明らかにしようと思う。ツァウバルの王弟として、魔法を悪用した者を見過ごすわけにはいかないからね。ソフィ、君はどうする？　君が望むなら、このまま密かに君を連れ帰ることもできるけれど……』

ソフィは迷うことなく首を横に振った。

『わたしも夜会に連れて行ってください。あの人達ときちんと決別して、堂々と殿下の弟子になりたいです』

そう言うと、ジークベルトは嬉しそうに微笑んだ。それから転移の魔法で王宮に移動する直前、ソフィの耳元で囁いた。

『これから夜会で、私はいくつか嘘をつく。だけどどうか私を信じて、この手を取ってほしい』

ジークベルトのその言葉を思い出し、ソフィは納得する。

つまり、先ほどのプロポーズのような台詞《せりふ》も「嘘」の一つなのだ。

（……ジークベルト殿下はわたしをツァウバルに誘ってくださったけど、それは弟子としてだもの。きっと、皆を納得させるために、例の先読みの魔法を利用するおつもりなんだわ……）

ソフィの頭が冷静さを取り戻す。ジークベルトはソフィのためにこんな茶番劇を演じてくれているのだ。勘違いして足を引っ張るわけにはいかない。ソフィは小さく頷き、ジークベルトの目をまっすぐに見つめ返した。

「わたしでよければ、喜んで」

差し出された手に、緊張で震える右手をそっと乗せる。ジークベルトが艶やかな笑みを浮かべた。

「ありがとう、ソフィ嬢。私の運命の人」

「ひゃっ……!?」

右手の甲に柔らかな口づけを落とされ、ソフィは真っ赤になって固まった。

そんなソフィのまとう女官のお仕着せが、にわかに淡い虹色の光を帯びた。裾から上へ、ゆっくりと波が引くように光が消えた時、ソフィの体は、ジークベルトの瞳を思わせるラベンダー色の美しいドレスに包まれていた。周囲の人々から驚きと感嘆のどよめきが起きる。

「これって……」

ソフィもまた驚きに目を瞬き、立ち上がったジークベルトを見上げる。ジークベルトは紫の瞳を愛おしげに細めてソフィを見つめた。

「ああ、思ったとおりよく似合っているね、紫のドレス。今回は魔法で作った見せかけのドレスだけど、いずれ本物をプレゼントさせて。ソフィが身に着ける物全て、私の色で染めてしまいたい」

ソフィの華奢な腰を抱き寄せ、耳元でそう囁いてから、ジークベルトは火傷痕のある額に口づけを落とした。ソフィの頬がますます熱を帯びる。

（演技……殿下のこれは演技なんだから……！）

自分にそう言い聞かせても、心はドキドキと落ち着かない。

「それでは行こうか、ソフィ嬢。共にツァウバルへ」

ジークベルトがソフィの手を取って歩き出そうとしたその時、鋭い声が二人の足を止めた。

「お待ちください、ジークベルト殿下！」

振り向いた先にいたのは、ベリンダの父親でありソフィの叔父であるクラプトン伯爵だった。傍らには夫人と、大きな瞳を潤ませたベリンダの姿もある。

ふわふわと浮ついていた気持ちが、一瞬にして凍り付いた。

「やはり来たか……」

ソフィにだけ聞こえる声で、ジークベルトが呟く。そして、体を強張らせたソフィの耳元に唇を寄せた。

「ソフィ、ここは私に任せてくれるかい？」

見上げると、柔らかな微笑みが返ってきた。それに不思議なほどの安堵を覚え、ソフィは小さく頷く。ジークベルトは満足そうに口角を上げると、ソフィの腰を抱いたままクラプトン伯爵に向き直った。

「これはクラプトン伯爵。私に何か？」

ジークベルトが事務的な微笑みを伯爵に向ける。伯爵は尊大に顎を反らし、愛想笑いを浮かべた。

「おそれながら殿下、運命の相手をお間違えではありませんかな？」

「間違い、とは？　おっしゃっている意味が分からないのですが」

心底不思議そうな顔のジークベルトに、伯爵は苛立たし気に片側の頰を引《ひ》き攣らせた。

「はは、お戯れを。殿下は我が娘を……ベリンダを見初めてくださったとお聞きしておりますぞ。そうなんだろう、ベリンダ？」

「ええ、そのとおりですわ！」

父親に促され、ベリンダが進み出てくる。胸の前で手を組み、上目遣いにジークベルトを見上げた。

「だってジークベルト様、昨日わたくしにおっしゃいましたわ。『明日の夜会で運命の相手に求婚するつもりだ』って」

「確かに言いましたね」

「それから、『あなたにはぜひ紫色のドレスを着て来てほしい』って」

「ええ、よくお似合いですよ、その紫色のドレス。で、それが何か？」

「何って……」

ジークベルトは笑顔で首を傾げる。ベリンダは、自身のまとう紫のドレスをきゅっと握り、絶句した。代わって口を開いたのは父親のクラプトン伯爵だった。興奮で鼻の穴が膨らみ、貼り付けた愛想笑いは崩れかけている。

「ああ……はは。もしや、娘は娘でもソフィの方でしたか。ですが殿下、私の承諾もなしにソフィをツァウバルに連れて行こうだなんて、あまりにも横暴が過ぎるのでは――」

「おや、なぜ父親でもない伯爵の承諾が必要なのです？」

「は⁉　当然でしょう！　ソフィは私の兄の娘。実の娘同然に慈しんできた子を、無断で連れ去ると申されますか⁉」

「娘同然に慈しんだ、ねぇ……」

地を這うような声がジークベルトの口から漏れた。整った微笑みは消え失せ、紫の瞳が冷ややかに伯爵を見下ろす。

「九年前に伯爵家を訪れた時、ソフィ嬢は使用人の格好をしていたと記憶していますが？　クラプトン伯爵家では娘を使用人扱いする慣習が？」

伯爵が顔色を変えた。

「そ、それは……ソフィが我が家に遠慮して、勝手に使用人の真似事を……」

「へぇ……」

伯爵に向けられたジークベルトの目が、いっそう冷たさを増す。

「いずれにせよ、正式な養女にはしていない。そうですよね？　そしてソフィ嬢はすでに十七歳で、成人している。叔父とはいえ、あなたに行動を制限される理由はないはずですが？」

「ぐっ……それは……」

クラプトン伯爵は悔しそうに口ごもる。

その時、隣で呆然としていたベリンダがわなわなと唇を震わせた。可憐な表情を消し去り、燃えるような眼差しをソフィに向ける。

「ソフィ、なんであなたがここにいるのよ？　あなた……どんな汚い手を使ってジークベルト様を誑かしたの⁉」

怒鳴りつけられ、ソフィは反射的に体を震わせた。

思わず顔を俯けそうになったその時、ソフィを勇気づけるように、腰に添えられたジークベルトの手に力がこもった。触れ合ったところが温かい。その熱はじわじわと全身に広がり、ソフィの心までをも温めた。

（わたし……もう、俯きたくない……！）

ソフィは顔を上げ、まっすぐにベリンダの目を見返した。

「……わたしは殿下を誑かしてなどいません。殿下がわたしを選んでくださったのです」

ジークベルトがソフィを見い出してくれたことは事実なのだ。弟子として、ではあっても。その事実は、ソフィに確かな自信を与えてくれた。

いつも俯いていたソフィからの堂々とした反論に、ベリンダは忌々しげに顔を歪めた。もう一度ソフィを睨みつけ、今度は訴えかけるような眼差しをジークベルトに向けた。

「ジークベルト様、どうかわたくしの話を聞いてください！　ジークベルト様はソフィに騙されているのです！」

「へぇ。私が騙されている……それは聞き捨てならないな」

その言葉をどう解釈したのか、ベリンダは顔を輝かせて勢いづいた。

「ええ、そうなのです！　ジークベルト様はソフィという人間をご存じでいらっしゃらない！　その子は卑しい平民の身分のくせに、権力者に取り入るのが上手いのです。その子の母親もそうでしたわ。汚らわしい娼婦のくせに伯父様を誑かして堕落させ、クラプトンの名に傷をつけたのです。ソフィはそんな薄汚い女の産んだ娘なのですよ！」

ジークベルトは、冷ややかに目を眇めた。

「あなたの話を前提にしても、私が騙されているということにはならないと思うが……要するにあなたはソフィ嬢の出自を問題にしているのかな？」

「そのとおりです！　そのような身分卑しい女、ツァウバル王国の王弟殿下であらせられるジークベルト様には、とうてい相応《ふさわ》しくありませんわ！」

ジークベルトはため息をついた。

「私はたとえソフィ嬢が平民の身分でも、母親がどんな人間であっても気にしないが……そのことでソフィ嬢が悪く言われるのは我慢ならないな。そこまで言うなら、ソフィ嬢の本当の出自を教えて差し上げよう」

「本当の、出自……？」

　ベリンダ親子が揃って訝しげに眉を寄せる。

「ソフィ嬢の母親アンの本当の名前はアンネリーゼ。ツァウバル王国のフォルトナー侯爵家出身のご令嬢だよ」

「は？　まさか、そんな……⁉」

　ベリンダが目を見開く。ソフィもまた驚きに言葉をなくし、隣に立つジークベルトを見上げた。

（お母さんがツァウバルの侯爵家の出身……⁉　これも殿下の「嘘」なの……？）

　するとジークベルトは、それまでと打って変わって柔らかな微笑みをソフィに向けた。

「君からお母上の話を聞いてもしやと思い、通信魔法でフォルトナー侯爵家に連絡を取ったんだ。調査の結果、君がアンネリーゼの娘で間違いないという確証が得られたよ。君の祖父母にあたる前侯爵夫妻は今も健在でね、事情があってこれまで君に名乗り出ることはできなかったが、孫の君に会えるのを楽しみにしているそうだよ」

「では、本当に……？」

　ジークベルトが頷く。にわかには信じられない話に、足元がふわふわと覚束《おぼつか》ない。

「もう一つお教えしよう。ソフィ嬢の母親アンネリーゼは、私と同じ師のもとで学んだ優秀な魔法使いでね。その類いまれな才能は、どうやら娘のソフィ嬢にも受け継がれているらしい。ツァウバル王国の王弟にして魔法研究所所長を務める私の伴侶として、これほど相応しい女性はいない。――これでご納得頂けたかな？」

ジークベルトが再びベリンダに視線をやる。

「ソフィに……魔法の才能があるですって……？」

ベリンダは悔しげに唇を噛んだが、その瞳はいまだ燃えるようにソフィを睨みすえていた。

「納得など……納得などできるわけがないわ……。だってソフィの顔にはこんなに醜い火傷痕があるのよ！」

「それでも、私にとってソフィ嬢が愛しい人であることに変わりはないよ」

そう言うとジークベルトは、見せつけるようにソフィの左頬に口づけた。

「それに、この火傷痕は消すことができるのでご心配なく」

「あの火傷痕を消せるですって……？」

ベリンダが目を見開く。

「ええ、治癒魔法でね。ツァウバルにおいても治癒魔法の使い手は非常に限られているが、幸い私はその数少ない使い手の一人なのでね。火傷を負ってから時間が経っているしさすがに一瞬でとはいかないが、一年以内にはすっかり消してしまえるだろう」

「消せる……あの火傷痕が……」

ベリンダが信じられないような顔で呟く。

「ああそれと、特別にもう一つだけ教えて差し上げよう。ソフィ嬢が運命の相手だと分かった決め手は、この火傷痕なのだよ」

「火傷痕が決め手……？」

「今朝、改めて先読みの魔法を試したら、私の運命の相手は顔に炎のような火傷痕のある女性だと判明してね」

「それは、本当なのですか……？」

ベリンダの声が掠れて震える。

「ああ、間違いない」

ベリンダの赤い唇がゆっくりと弧を描いた。「ふ……ふふふ……」と、地を這うような低い笑い声がベリンダの口から漏れる。

「でしたら、やはりソフィはジークベルト様の運命の相手ではありませんわ！　あなた様の運命の相手は、このベリンダ・クラプトンです！」

「……どういう意味かな？」

紫の瞳がベリンダを見据える。伯爵が「おい、黙りなさい」とベリンダの袖を引くが、ベリンダは口を閉じなかった。

「ソフィのその火傷痕は、元々わたくしの顔にあったものなのです！　事情があってソフィに引き受けて貰っていましたが……そうよね、ソフィ？　本当のことをおっしゃい！」

「……っ！」

ベリンダが叫ぶと同時に、長年ソフィの喉にまとわりついていた重苦しいものが、すっと消える感覚があった。

「……そうです」

ソフィはおそるおそる言葉を紡ぐ。この八年間、どうしても口にできなかった言葉を。

「この火傷痕は元々、ベリンダ様の顔にあったものです」

周囲の人々がざわめきながら顔を見合わせる。

「ほら！　ソフィも認めましたわ！　ジークベルト様の運命の相手はわたくしなので

す！　だって、その火傷痕は、本当はわたくしのものなんだもの！」

ベリンダが高らかに言ったその刹那。

激しい風と共に漆黒の靄《もや》が涌《わ》き起こり、ソフィとベリンダを取り囲んだ。

「きゃっ！」

視界が闇に覆われ、ソフィは咄嗟に目をつむる。縋るようにジークベルトの手を握ると、それ以上の力で握り返された。

「大丈夫だ」

耳元でジークベルトの声が囁く。薄く目を開けて隣を見上げると、暗い靄の中、紫色の瞳が道しるべのようにきらめいていた。

「なによ⁉　なんなの⁉」

靄の中でベリンダが狼狽《うろた》えた声を上げる。

国王も王妃も衛兵も、誰もが呆然と立《た》ち竦み、身動きできないでいる。

黒い靄は嵐のようにソフィとベリンダの周囲を駆け巡る。それから渦を巻いて上昇し、唐突に掻《か》き消えた。

次の瞬間、「ぎゃあああああ！」と女の悲鳴が上がった。

顔を両手で覆ってよろめき、その場にうずくまったのはベリンダだった。

「痛い痛い痛い！　顔が……顔がああ……！」

ベリンダの顔を見やり、ソフィは目を見開いた。

乱れた金の髪がかかる顔の左側。そこに、燃え上がる炎のような火傷痕がくっきりと浮かんでいたのだ。

ソフィは自身の左頬に触れる。指先に感じる肌は滑らかで、わずかにあった引き攣るような痛みも感じない。ソフィの顔にあったはずの火傷痕は、きれいに消え失せていた。

「ベリンダ……お、お前、顔に火傷痕が……」

伯爵が真っ青な顔でベリンダを指さし、声を震わせる。

ベリンダの母親が甲高い悲鳴をあげた。

「そんな、どうして……」

声を震わせる伯爵に応えたのはジークベルトだった。

「ソフィ嬢にかけられていた身代わりの魔法が破られたからですよ。身代わりを命じた本人が、身代わりを否定する言葉を口にしたことでね」

「そんな……わたくし、そんなつもりじゃ……」

顔の左側を手で覆い、ガタガタと震えるベリンダの口から、呆然とした呟きが漏れる。

だがベリンダは不意にゆらりと立ち上がると、瞳孔の開いた目をジークベルトに向けた。口元に歪な笑みを浮かべ、覚束ない足取りでジークベルトに歩み寄る。

「でも……でも、これでわたくしはジークベルト様の運命の相手になれるのですよね……？　この火傷痕も、魔法で消してくれるのでしょう……？」

縋るように伸ばされたベリンダの手を、ジークベルトは無表情で振り払った。

「悪いが、私の運命の相手はあなたではない。ソフィ嬢だ。先読みの時点で火傷痕があったのはソフィ嬢なのだからね。それに、罪人を運命の相手に選ぶほど私は落ちぶれてはいない」

「わたくしが、罪人ですって……？」

「まだ自分の立場が分かっていないようだね。身代わりの魔法は、我が国においては無許可での使用が禁止されている魔法だよ。許可なく使えば重罰が課される。それを依頼した者も同罪だ。そしてこのカナル王国でも、違法な魔法を依頼することは禁じられているはずだよ。そうですよね、王妃殿下」

同意を求められたイザベル王妃が青い顔で頷く。

「それから、クラプトン伯爵家の皆さんが愛用しておられた『蠱惑の蜜』。あの秘薬は他人の心を操る危険なもの。我がツァウバルでは他国への流出を禁じているのだが……クラプトン伯爵はこれをどうやって手に入れたのかな？」

ジークベルトの視線を受けた伯爵が青い顔で黙り込む。会場にざわざわと戸惑いが広がっていく。

「そうよ、秘薬……昨日確かに飲ませたのに、なぜ……」

恨めしげにジークベルトを見つめ、ブツブツと呟くベリンダに、ジークベルトは哀れむような目で見た。

「あなたは存外に愚かなのだな。私より魔力で劣る魔法使いが作った秘薬で、私をどうこうできるはずがないというのに。あなたに心を奪われたような演技を続けるのは思いの外苦痛だったよ。でもあなたが愚かだったおかげで、あなた方が『蠱惑の蜜』を使っているという証拠を押さえることができた」

ベリンダが唇を噛む。

「魔力を持つ我々魔法使いならいざ知らず、魔力を持たない者は『蠱惑の蜜』への耐性がない。このカナル王国で使えば効果は抜群だったことでしょう。クラプトン伯爵家の人々は、社交界で確固たる地位を得るために、密かに『蠱惑の蜜』を使っていたようです。不審を抱かれないよう、ごく少量ずつ。おそらくイザベル王妃殿下にも。

王妃殿下、クラプトン家の者から贈られた食べ物か飲み物を口にしたことはありませんか？」

「……そ、そういえば、ベリンダから貰った薔薇ジャムを……」

イザベル王妃が口に手を当てて声を震わせた。

「後ほど解毒剤をお渡ししますのでご安心を。念のため、ここにいる皆様は全員解毒剤をお飲みになった方がよろしいでしょう」

ジークベルトが会場を見渡しそう言うと、会場に安堵の空気が漂った。

「クラプトン伯爵は、我々が追う犯罪者、『灰色の魔法使い』クヴァルムと通じているようです。ソフィ嬢の火傷痕からも『蠱惑の蜜』からも、クヴァルムの魔力が感じられました。我々の調査にご協力いただけますね？　国王陛下、王妃殿下」

ジークベルトが壇上の国王夫妻に強い視線を送る。呆然としたままのイザベル王妃の隣で、国王が口を開いた。

「……クラプトン伯爵夫妻とベリンダ嬢からは、詳しい話を聞く必要があるようだ。衛兵、三人を別室に連れて行きなさい」

国王の言葉に衛兵達が動き出す。クラプトン伯爵はがっくりと肩を落とし、夫人は泣きわめきながら、衛兵に両脇を抱えられた。

「いや！　離しなさいよ！　ソフィ、あんたのせいよ！　本当は全部わたくしのものだったのに！　美しさも……ジークベルト様も！　あんたなんか、あんたなんかぁぁあ！」

衛兵の手を振りほどこうと暴れながら、ベリンダが血走った目でソフィを睨み付ける。その顔には、八年もの間ソフィを苦しめ続けた炎のような火傷痕。

ソフィは口を開きかけ、けれど何も言葉にすることなく口を閉じた。ベリンダに言いたいことはたくさんあったが、どんな言葉も今のベリンダには届くまい。

ただ目を逸らすことなく、衛兵に引きずられていくベリンダの後ろ姿を見つめ続けたのだった。

夜会がお開きとなり、東の空が白みかけた頃。

慌ただしく出立の準備を整えたソフィは、城門の前でジークベルトと向かい合っていた。

「ソフィ、準備はいい？」

「はい」

頷くソフィの手には、年季の入った旅行鞄《かばん》が一つ。ソフィの大切な物は、そこに納まるほどしかない。両親が残してくれたはずの幾ばくかの財産は、幼いうちに叔父に取り上げられ、何があったのかすら把握できていない。

王宮でお世話になった人達には一通りの挨拶を済ませた。

主人であったイザベル王妃は、優秀な化粧係がいなくなることを惜しがりつつも、祝いの言葉をかけてくれた。

ソフィがジークベルトの運命の相手であったことは、イザベル王妃の期待に沿うものではなかったはずだが、賢明な王妃はそこに口を挟むことはしなかった。それをすればジークベルトの不興を買うということを、夜会での一幕で充分に理解したのだろう。

ただ、「このカナル王国の国民であったという誇りを忘れず、ツァウバルでも励むのですよ」という激励の言葉には、ソフィに、二国間の架け橋となることを期待する響きがあった。

同僚であった侍女や女官たちの反応は様々だったが、祝福や嫉妬よりも戸惑いの気持ちが一番大きいようだった。無理もないと思う。ソフィだって、いまだに夢を見ているのではないかと思うほどなのだから。

そんな中、アルマの反応だけは他と違っていた。「幸せになるんだよ」と苦しいほどに抱きしめられ、ソフィは静かに涙を流しながら何度も頷いた。

「では出発しようか。ソフィ、お手をどうぞ」

差し出された手に、おずおずと右手を乗せる。これからジークベルトの転移の魔法で、ツァウバルの王宮に移動するのだ。すでにギードと二羽の使い魔は、一足先に転移している。

「緊張してる？」

尋ねられ、ソフィは素直に頷いた。

「でも、それ以上にワクワクしています。魔法を学べることも、おじい様やおばあ様にお会いできることも……。本当にありがとうございます、ジークベルト殿下。わたしを見つけてくださって」

感謝の気持ちを込めて見上げると、ジークベルトが甘やかに紫の目を細めた。

「お礼なんて。私がしたくてしたことだよ。君という運命を手に入れるためにね」

まるでソフィの全てを求めるかのような言葉に、ドキリと胸が高鳴る。

（駄目よ、変な勘違いをしてご迷惑をおかけしてはいけないわ……）

「あの……ご期待に応えられるよう、精一杯がんばります。弟子として……」

「うん、それもそうだけど……。あのね、私はあの夜会でいくつか嘘をついたけど、ソフィに対しては、何一つ嘘は言っていないよ」

「それって……」

ソフィは息をのむ。

『私の妻として、共にツァウバルに来ていただけますか？』

（つまり、あの言葉も……？　まさか、そんな……）

顔を赤くして思考をぐるぐるとさせるソフィに小さく笑みを漏らし、ジークベルトはソフィの手をきゅっと握った。

「続きはツァウバルに戻ってからゆっくりと。お母上の話もね。さあ、長距離の転移は少し安定しないからね、しっかり私に掴まっていて」

「ひゃっ……!?」

握った手を引き寄せられ、長身のジークベルトに抱き込まれる。

「あ、あの、近すぎるような……」

「そう？　でもこれなら安心でしょ？」

至近距離で微笑まれ、ますます頬が熱い。心臓はドキドキと忙しない。触れ合ったところからジークベルトに伝わってしまうのではないかと不安になるほどに。

それなのに、その腕から抜け出したいとは思わない。

囚われたように、紫の瞳から目が離せない。

(わたしはまた魔法にかかっているのかもしれない……)

それでも構わない、とソフィは思う。

どうかこの魔法だけは解けませんようにと願いながら、ソフィは美しい魔法使いの胸に頰を寄せた。

エピローグ

『白き薔薇の宮殿にて求める者を得る』

ある日、何の気なしに行った先読みの魔法。色とりどりの鉱石を用いた魔法が示した結果を受けて、ジークベルトはカナル王国行きを決めた。

十二年前に禁呪の法を研究した罪に問われ、捕縛から逃れて姿を消した「灰色の魔法使い」クヴァルム。ツァウバルを出た後は各国の闇組織などを渡り歩きながら、魔法で犯罪に加担している。それらしき噂が届く度、塔の魔法使い達が捕縛に向かったが、警戒心が強く身を潜めるのに長けたクヴァルムは、迫ったと思いきや煙のように姿を消してしまう。先読みが示した「求める者」とはクヴァルムのことだと、ジークベルトはそう考えた。

なぜならジークベルトは恋愛にも結婚にも興味がない。

幼い頃から怖ろしいほどの美貌と魔法の才に恵まれていた。十代の頃からジークベルトに愛を囁いてくる女性は絶えることがなく、その内の何人かとは深く付き合ってもみたが、彼女達と同じ気持ちを持つことはついになかった。

自分には人として大切な何かが欠けているのかもしれない。おそらくそれは、ジークベルトの生母が、生まれた我が子を抱くことすらせず自ら命を絶ったことと関係があるのだろうと、淡々と分析していた。

女性と過ごすよりも魔法の研究の方がはるかに有意義に感じられ、深い関係になるのも煩わしく、いつしか擦り寄ってくる女性達を作り物の笑顔でかわすようになった。

カナルの王妃が主催した温室でのお茶会。若い令嬢ばかりが集められたそのお茶会の意図は明らかで、微笑みの裏でうんざりしていた。

そんな中、ソフィに興味を引かれたのは、その顔に魔力を感じたからだった。

ツァウバル以外の国には、基本的に魔法使いはいない。ツァウバル王国が魔法使いを外に出さないからだ。

もちろん、闇の組織に属する違法な魔法使いはどこの国にも潜んでいる。クヴァルムもその一人だ。けれどそうした犯罪者は、王宮という陽の当たる場所で、隠しもせずに魔力を晒すことなど普通はしない。

クヴァルムと何か関わりがあるのではないか。そうでないとすればソフィの顔から感じられる魔力の正体は何なのか。

お茶会の場では、なんとイザベル王妃の顔からも魔力が感じられた。顔という共通点から化粧を疑った。状況を探るため、イザベル王妃に怪訝な顔をされながら、ソフィが化粧の実演をするところを見せてもらった。

素顔をさらしたソフィの顔には、事前に聞いていたとおり大きな火傷痕があった。それも、禍々しい魔力を帯びた火傷痕が。本当なら他人に見られたくはないだろうに、毅然として鏡に向かう姿に心が動いた。

そして始まった化粧の実演。化粧品を扱うソフィの手が、わずかに光を帯び始めた。魔力そのものと言えるその光。

やはり彼女自身が魔法使いだったのだと、静かな興奮が胸に込み上げた。

おそらくソフィに自覚はないだろう。認識阻害と同じ系統の魔法を、我流で無意識に使っているのだ。

本来魔法は、魔力があるというだけで使えるものではない。多くの魔法使いは、幼い頃から師についてその使い方を学ぶ。ジークベルトが物心ついた頃から大叔母の教えを受けたように。

ピンと背筋を伸ばした華奢な後ろ姿。鏡に映る真剣な眼差し。無意識に魔法を使うに至るまでに、どれほどの思いをしてきたのだろう。

　魔力の光は細かな虹色の粒となって軽やかに宙を舞い、きらきらとソフィを包み込む。それは決して強い光ではない。けれど、それまでにジークベルトが見たどんな魔力よりも美しかった。

「……美しいな……」

　気付けば言葉がこぼれていた。

　ソフィから目が離せない。いや、離したくない。どうしても彼女が欲しいと、焼けるような気持ちに支配された。

　これが本当に恋なのか、ジークベルトには分からない。だがこの感情が恋でないとすれば、自分は死ぬまで恋を知ることはないだろうと、そう思った。

　先読みが示したのはソフィのことだったのだと、いつしか確信していた。

『あなたは、良い魔法使いさん？』

　無垢《むく》な瞳でジークベルトを見上げた、幼い少女を思い出す。

『君とはまた、いつかどこかで会える気がするよ』

　直感に導かれるままに発した言葉。あの直感はこの運命を示していたのだと、今になってそう思う。

あの時にソフィをツァウバルに連れ帰っていればと、悔やむ気持ちがないわけではない。連れ帰り、真綿でくるむように大切に守れば良かったと。そうすればソフィは火傷痕を押し付けられることも、伯爵一家に虐げられることもなかっただろう。しかし時を巻き戻すことは、ジークベルトの魔法をもってしても不可能だ。

ソフィの母親には心当たりがあった。黒髪に薄青の瞳。十七歳の娘がいておかしくない年齢。大叔母エルヴィーラが考案したブレンドの香りを身につけていた。アンをツァウバル風に言えばアンネ。

ジークベルトと共にエルヴィーラに師事していたアンネリーゼ・フォルトナー。十六歳で異国の男と駆け落ちした姉弟子が、その後異国の地で娘を一人生んだことを、ジークベルトは密かな調査で知っていた。

ギードに指示して、通信魔法でフォルトナー侯爵家の現当主と連絡を取った。ソフィにペンダントを着けた時、密かに一本髪の毛を拝借した。これを国に送って調べさせ、フォルトナー家の血縁者であることを確認した。

ツァウバル王国では、強い魔力を持つ貴族の結婚には国の承認を要する。魔力の多寡には血筋が大きく影響するとされているからだ。魔力を持たないソフィの父親とアンネリーゼとの結婚が国に認められることはまずない。そもそもアンネリーゼには、当時のツァウバル国王――ジークベルトの父親の側妃の話が持ち上がっていた。そんな状況での駆け落ちだった。

フォルトナー侯爵家としては、法を破ったアンネリーゼとは縁を切るしかなかったし、その娘であるソフィに関わるわけにもいかなかった。だが今後は、フォルトナー侯爵家がソフィの後見となるだろう。もしソフィに魔力がなければそうはいかなかった。優れた魔法の才能を持った彼女だからこそ、国も侯爵家も喜んで受け入れる。良くも悪くも、ツァウバルという国は魔力が重視される国なのだ。

フォルトナー侯爵家にソフィのことを説明し、根回しは済んだ。残る気がかりは、ソフィにかけられた二つの呪わしい魔法のことだった。クヴァルムの仕業であることは、ソフィの火傷痕に触れた時に確信した。クヴァルムに依頼したのは誰か。叔父一家が疑わしいことは明らかだった。

他の魔法使いがかけた魔法を強制的に解くのは、それほど容易いことではない。魔力差が大きければともかく、クヴァルムはエルヴィーラの弟子の中でジークベルトに次いで力のある魔法使いだ。

何年かかろうとも解く覚悟はできていたが、カナル王国を去る前に一つの方法を試してみることにした。

美しくも刺々《とげとげ》しい、薔薇のような従姉、ベリンダ・クラプトン。ベリンダは期待した以上に愚かで、すんなりと罠《わな》にかかってくれた。自ら「禁言」と「身代わり」を無効にする言葉を口にした。

禁言と身代わりを望んだ本人がそれを翻せば魔法は解け、効果は無に帰する。ソフィは真実を口にすることができるようになり、火傷痕は元の持ち主に戻る。あれはそういう性質の魔法なのだ。

クラプトン伯爵家で押収した「蠱惑の蜜」からは、クヴァルムの魔力が感じられた。おそらく、クラプトン伯爵とクヴァルムの間には、何年にもわたる取引きがあったはずだ。今後、クラプトン伯爵を調べれば、クヴァルムの居所を掴む手がかりが得られるかもしれない。

厳しい調査の後、クラプトン伯爵家は法で裁かれることになるだろう。爵位の剝奪はまず免れないだろうし、命が許されるかどうかも定かではないが、ジークベルトにそれ以上の関心はない。これ以上ソフィを害することさえなければ。

夜会の後は、余計な横槍《よこやり》が入らないうちに、転移の魔法でソフィをツァウバルに連れ帰ることにした。性急すぎるという自覚はあったが、またあの従兄のような輩《やから》に目をつけられないとも限らない。そう思ってしまう魅力がソフィにはある。顔から火傷痕が消え、俯くことをやめたソフィは、その美しさと輝くばかりの才能とで、これから多くの者を魅了することだろう。

ソフィを閉じ込め我が物にしようとした男、従兄のセオドア。身勝手なやり方には反吐《へど》が出るが、ソフィを渇望した気持ちは分からないわけではない。

いや、自分はもっと強欲だと、ジークベルトは思っている。秘薬による作り物の心などでは満足できない、ソフィ自身の自由な意志で、ジークベルトだけをその瞳に映し、ジークベルトの身も心も求めてほしいと、そう願っているのだから。

「ソフィに対しては、何一つ嘘は言っていないよ」

求婚の言葉は本物だと暗に告げれば、ソフィは顔を真っ赤にして瞳を潤ませた。戸惑った顔が、可愛くてたまらない。転移魔法を口実にその華奢な体を抱き込むと、込み上げる愛おしさに胸が苦しくなった。

「ジークベルト殿下の紫の瞳には、魔力が宿っているのでしょうか……？」

視線を絡ませたまま、不思議そうにそんなことを言う。魅入られているのはジークベルトの方だというのに。

――ソフィ、私の愛しい魔法使い。

つむじにそっと口づけを落とし、ジークベルトは転移の呪文を唇に乗せた。

あとがき

はじめまして、中村くららと申します。

この度は、「私の魔法使い　虐げられた少女は美しき王弟殿下に見初められる」をお手に取っていただきありがとうございます。

私は二〇一九年から小説投稿サイト「小説家になろう」に投稿を始め、以来、本業と育児の傍ら、細々と小説を書き続けています。本作も、「小説家になろう」に投稿した中編小説が元になっています。

呪いで醜い姿にされていた少女が、本来の姿を取り戻して幸せを摑《つか》み取《と》るお話を書きたい。そんな思いが出発点だったと記憶しています。

不遇にも挫《くじ》けずひたむきに生きるヒロインの逆転物語。シンデレラをはじめとする王道パターンの一つですよね。そこに、素敵な王子様ヒーロー（正確には王弟ですが）、魔法にハーブにお化粧といったキラキラとときめく要素を加え、さらに意地悪な義理の家族というこれまた王道の悪役を配置し、王道要素をこれでもかと盛り込んで生まれたのがこのお話です。

ウェブ上で公開したところ、ありがたいことにたくさんの方にお読みいただくことができました。本作がこうして一冊の本になったのも、ウェブ公開時に読んでくださり、応援してくださった皆様のおかげです。本当にありがとうございました。

ウェブ上には、最初に投稿した約三万字の中編版の他に、その後に投稿した約十五万字の長編版もあります。書籍版は、この長編版に、大幅な改稿を加えたものになります。文庫本一冊に収まる分量まで削り、なおかつ書籍版オンリーの新エピソードを追加するというミッションに挑みました。その結果、内容的にも、そしてページの見た目にも、ぎゅぎゅっと詰まった一冊になりました。ウェブ版を読まれた方にも、そうでない方にも、お楽しみいただけたら嬉《うれ》しいなと思っています。

最高に美麗なカバーイラストは、ＳＮＣ先生にご担当いただきました。人物も衣装も何もかもが美しくて、毎日うっとりと見惚《みと》れています。物語の世界をこんなにも素敵に表現してくださり、本当にありがとうございました。

また、本作に書籍化のお声がけをくださり、遅筆な私に辛抱強くお付き合いくださった担当編集者様にはいくら感謝してもしきれません。その他、本作に関わってくださった全ての皆様に、この場を借りてお礼を申し上げます。
最後になりますが、いつも応援してくれている家族と、読者の皆様に心からの感謝を。
またどこかでお目にかかれることを願っています。

二〇二五年一月　中村くらら

<初出>
本書は、「小説家になろう」に掲載された『私の魔法使い』を加筆・修正したものです。

メディアワークス文庫

私《わたし》の魔法《まほう》使《つか》い

虐《しいた》げられた少女《しょうじょ》は美《うつく》しき王弟殿《おうていでん》下《か》に見《み》初《そ》められる

中《なか》村《むら》くらら

2025年1月25日　初版発行

発行者　山下直久
発行　株式会社KADOKAWA
〒102-8177　東京都千代田区富士見2-13-3
0570-002-301（ナビダイヤル）
装丁者　渡辺宏一（有限会社ニイナナニイゴオ）
印刷　株式会社暁印刷
製本　株式会社暁印刷

●お問い合わせ
https://www.kadokawa.co.jp/（「お問い合わせ」へお進みください）
※内容によっては、お答えできない場合があります。
※サポートは日本国内のみとさせていただきます。
※Japanese text only

※定価はカバーに表示してあります。

Printed in Japan
ISBN978-4-04-915776-5 C0193

メディアワークス文庫　https://mwbunko.com/

本書に対するご意見、ご感想をお寄せください。
あて先
〒102-8177　東京都千代田区富士見2-13-3
メディアワークス文庫編集部
「中村くらら先生」係

失恋メイドは美形軍人に溺愛される
～実は最強魔術の使い手でした～

雨宮いろり

メイドが世界を整える。失恋から始まる、世界最強の溺愛ラブストーリー！

メイドとしてグラットン家の若旦那に仕えるリリス。若旦那に密かな想いを寄せていたものの――彼の突然の結婚によって新しい妻からクビを言い渡されてしまう。

失意に暮れるリリスだったが、容姿端麗で女たらしの最強軍人・ダンケルクに半年限りのメイド＆偽りの婚約者として雇われることに。しかし、彼はリリスに対して心の底から甘やかに接してきて⁉

その上、リリスの持つ力が幻の最強魔術だと分かり――。

メディアワークス文庫